中公文庫

私の濹東綺譚

増補新版

安岡章太郎

中央公論新社

目次

私の濹東綺譚……9

私の濹東綺譚　増補新版

私の濹東綺譚

まえがき

永井荷風の小説で、私が最初に読んだのは『おかめ笹』である。その内容はあらためて私が説明するまでもない、『腕くらべ』と並んで、花柳小説として荷風の代表作とされるものだ。

蛇足をいえば『腕くらべ』は、明治以来一流の花街とされてきた新橋の芸者を描いたものだが、『おかめ笹』は大正に入って急激に発展した山の手の富士見町、白山といった、当時は三流の遊興地を舞台にしたものだ。そこで働いているのは《貧民窟から周旋屋の手に狩出されて女工にあらざれば芸者と先天的に運命のきまっている女の一人である》と荷風はいう。その貧しさを赤裸々に述べたてたこの文章は、現在なら早速差別的だとして、ジャーナリズムその他から大いに糾弾の的にされたであろう。

しかし荷風は、決してこんな貧しい環境に育った女たちを、心底から軽蔑したり憎んだりしてきたわけではない。げんにこの『濹東綺譚』のお雪にしても、やはり貧民社会から狩り出されて、自分の将来は芸者か女工になるものと諦めて、最初からその運命を受け入れてきた一人と考えて、間違いないであろう。そして荷風は、そんなことでお雪を軽蔑も排斥もしては来なかったはずである。

それは『おかめ笹』の芸者小花と、『腕くらべ』に登場する新橋芸者に対する扱い方を見較べてみれば明らかである。いくら新橋が一流の土地でも、そこに出てくる芸者がすべて一流というわけではなく、小花のように白山、富士見町あたりで働いてきた者の方が、むしろその心情には可憐なものがあると、少くとも荷風はそう考えていたはずである。

そのことはよく『濹東綺譚』と引き合いに出される、『雨瀟瀟《あめしょうしょう》』の小半という若いに似ず芸熱心な芸者のことを考えてみれば明らかだろう。その小半に一中、薗八《そのはち》など、古い芸を習わせてみたらどうだろう、いま頃の高等女学校など卒業した事務員が口先きでは色いろ生意気なことを言っても、実際に仕事をさせてみると一向にダメだ。それよりは小半のような若い芸者を落籍させて芸事をミッチリ教え込む方がどんなに有益か、と早速それを実行に移してみたが、小半もやはり芸事は本気で熱心でなく、あげくは活動写真の弁士と一緒になって駈け落ちしてしまう。

荷風は勿論、お雪に凝った芸事を習わせることなど、考えても見ない。芸事はおろか、家に入れて座敷の掃除をさせてもロクなことにならないのは目に見えている。しかし、ドブ際の娼家で客を取る仕事をさせると、窓の内外でひやかしの客との応対一つにしても、水際立って見事なのである。荷風は茶の間の長火鉢の前で、お雪と嫖《ひょう》客《かく》とのヤリトリを聞いているだけで、青年客気の頃の自分たちのことなど想い出されて、時のたつのも忘れるほどだ。そういう会話から江戸末期の頃の絵草紙のことを空想するのも面白い。絵草紙といったって、春水や京伝などの小説とは限らない。

雨が降って、そのへんの溝の水が溢れて、「アラアラ大変だ。きいちゃん、鮨が泳いでるよ」と叫ぶ女の子の声を聞くと、それだけで下町の落語の舞台に戻って行く気分になれるのだ。

冒頭に述べたように私は、二十歳のとしに『おかめ笹』を読んで初めて荷風の世界に触れた。小説を読んでいるときの面白さよりも、読み了った後の索漠たる感懐の方が、いまの私には一層ありありと記憶に残っている。小説に堪能した後の喪失感、これが逆にどれほど自分の日常生活がツマらぬものであるかを思い直すようになる。そのたびに一歩一歩私は荷風の世界に引き込まれて行った。

一、美的リゴリズム

「わたくしは殆ど活動写真を見に行ったことがない」

永井荷風の小説『濹東綺譚』は、そういう一行から始まっている。

これは私たち大正生れの世代の者には、何の説明も要しないことだろう。しかし、この小説が新聞に連載された昭和十二年の頃になると、日常会話では専ら「映画」という言葉が使われるようになり、仮に若い男女が、次の日曜日に「活動写真を見に行かない?」などと言ったとすれば、笑話になったであろう。

しかし荷風が、《活動という語は既にすたれて他のものに代られているらしいが、(略)わたくしは依然としてむかしの廃語をここに用いる》と言っているのは、若干の誇張があるだろう。とくに「廃語」はおかしい。

なぜなら「活動」という言葉は、昭和四年、私が小学校三年生の頃までは、まだ生きていたからだ。当時、童謡のレコードに『茶目子の一日』というのがあって、一日の終りには家族揃って活動見物に出掛けることになる。そこに女の子の「活動写真はおーもしろい、弁士が妙な声をして……」という歌が入るのを、私は未だにハッキリと覚えている。

昭和四年（一九二九）といえばアメリカでは大恐慌が起った年であり、映画は無声からトーキーに切り換ったところだ。その頃でも、わがくにには万事アメリカのものが、二、三年おくれて這入ってくることになっていて、映画館では弁士が舞台の傍で大声を張り上げ無声映画のセリフを声色を入れてやっていた。その当時は確かに「映画」ではなく「活動」が一般的な呼び方だったのだ。やがてオール・トーキーと称するものが続々と大量に輸入されて忽ちサイレント映画を制圧すると、弁士も和洋合奏の伴奏の楽隊も姿を消した。しかし、そうなってからも、まだ活動写真という言葉は残っていた。それが完全に払拭されたのは多分シナ事変が始って、ニュース映画が大変な人気となり、あちこちにニュース専門の映画館が出来るようになってからである。

ところで、『濹東綺譚』は昭和十二年四月十六日から六月十五日まで連載された。その年の七月七日にシナ事変が始まるのだから、まさに大戦前夜の作品と言える。ということは『濹東綺譚』が新聞に連載されていた頃「活動写真」という言葉には、まだ幾許《いくばく》かの余命が残されていて、明治の前半に生れた人で「エイガ」などと言う老人は滅多に居なかったように思う。それを殊更「廃語」と呼ぶのは、荷風独特の美意識、ないしはスネ者の自己憐憫から出たものであろう。

荷風は映画という言葉だけでなく、映画を見るのも嫌いだったらしい。これも厳格に保守的な美的リゴリズムのせいであろう。ただ後年、浅草オペラ館の楽屋に出入りするようになってからは、この保守的な美学にもかなりの変化があったらしく、踊子たちに誘われると映画館にも時には足を向けるようになり、昭和十八年にはショパンの伝記映画『別れの曲』を見て、何十年ぶりに聞くフランス語のセリフに、思わず暗涙を催したといったことを日記の中でも述べていた。

しかし、これは別段、荷風の頑固な美意識が軟化したことにはならないだろう。むしろフランス語を久し振りにきいて涙ぐんだというような話は、昭和十八年ともなると荷風の日常生活も、物心ともに、いかに激しく窮乏してきたかを考えるべきであろう。早い話が、いまのように誰もが簡単に外国に行けるようなら——無論それでも荷風がパック旅行でパリやリヨンに出掛けるとは考えられないことだが——映画館の暗闇の中で涙ぐむ事など一層想像も出来ない話だ。どんな場合にも、反時代的態度をくずさないのが、荷風生来の基本的姿勢だからである。

二、白鳥の歌

荷風が『濹東綺譚』の「腹案成る」として執筆にかかったのは、昭和十一年九月二十一日、またそれを脱稿したのは同年十月二十五日、つまり一と月あまりで書き上げている。枚数は四〇〇字詰原稿用紙にして一〇五枚ぐらいであろうか。筆のはこびが、いかに円滑、かつ迅速であったかがうかがわれる。

と同時に、これは腹案の段階で小説が十二分に練り上げられており、頭の中ではすでに一編の物語が出来上っていたことを示すものでもあろう。

昭和十一年は、二月に二・二六事件、五月には阿部定のいわゆる局部切り取り事件の起った年である。

二・二六は、当時の陸軍中枢部を上げてのクーデタア計画であって、その実行者・犯人とされる青年将校のほか、背後にどれほど大きな勢力が動いていたかは、いまなお正確には分っていない、それほど大規模な事件であった。戒厳令がしかれ、九段下の軍人会館が戒厳司令部になって、剣付鉄砲の衛兵が二六時中あたりを睥睨《へいげい》して立っていた。

しかし、戒厳令よりも実際に国民を脅かしたのは「統帥権の干犯」という一見不可解な言葉だろう。要するに、軍人は憲法を含むあらゆる法規の埒外にあって、総てを統帥する権限があり、これを妨げることは許されないというわけである。

これに較べると阿部定の事件は、実際は虐げられた女性の哀れな犯行というべきだろうが、世間ではこれを陽気で滑稽な事件ととらえ、局所だの局部だのという言葉が流行語になった。浅草の芝居小屋で、女が登場して手真似で「ちょん切るぞ」と言いさえすれば、それだけで客席はドッと沸いた。つまり当時の世態はそれほど暗く、人心は棄て鉢になっていた。その頃、荷風がしきりに玉の井の私娼窟を訪ね、興に乗って迷路を探り歩いたのも、そういう世相に一脈通じる気分があったからでもあろう。

別段、玉の井にこれといった期待や、情欲を掻き立てるものがあったとは思えない。同じ荷風でも『腕くらべ』を書いた頃とは、そこに大きな違いがある――。《目下執筆の腕くらべも来月分の処けんのんにて書直しの要あり閉口致居候《いたしおりそうろう》、過日朗読致候『襖の下張』なぞは出し得べき時節ならず、腕くらべ思うさま書きて自費出版せんかとも存居候》（大正六年、井上唖々宛書簡）とあるように、『腕くらべ』は検閲のきびしさを嘆きながら、何とか愛欲の場面を一層濃艶に描くべく血気さかんな意気込みを見せているのに、『濹東綺譚』になると、そんなところは全く無い。もっぱら過ぎ去った時代への郷愁と、移りかわる季節の変化を、自らの身体になぞらえながら切実な思いをこめて書きとめているのである。

『腕くらべ』は、第一次世界大戦のさなか、日本は出兵せず高みの見物だけで、未曽有の好景気に沸き返った頃に書かれたものだ。一方、『濹東綺譚』はそれから二十年後、第二次大戦勃発の前夜ともいうべき頃に、その危機感を時代背景としながら書かれている。女主人公も『腕くらべ』の駒代《こまよ》が新橋で引手あまたの人気役者を色にして器量も押し出しもいい芸者なら、『濹東綺譚』のお雪の方は川向うの藪蚊の唸る湿地で小窓から顔を覗かせる私窩子《しかし》に過ぎない。だが何よりも『腕くらべ』の荷風はまだ三十代の末期であったが、『濹東綺譚』は既に六十歳になりかけての作品である。その差違は行間にもありありと伺い知られる。

それなら『濹東綺譚』は『腕くらべ』に較べて劣っているかといえば、決してそんなことはない。白鳥は死ぬまえに一際美しい声でうたうという。とすれば『濹東綺譚』は矢張り荷風の白鳥の歌というべき作品であろう。

三、朝日での連載

永井荷風の『濹東綺譚』は、すでに述べたように東京・大阪の朝日新聞夕刊に昭和十二年四月十六日から連載がはじまり、同年六月十五日を以て完結している。そして翌月、七月七日には中国北平《ペイピン》（現・北京《ペキン》）郊外で盧溝橋事件が発生、これが日中戦争になり、第二次世界大戦に引き継がれる。そう考えると、『濹東綺譚』という小説は、わがくにに辛うじて戦前の平和が残されていたギリギリの時期に発表されたことがわかる。

もっとも、この小説は普通の新聞小説のように、新聞紙上に毎回の時日に合せて、少しずつ書かれたものではない。前年（昭和十一）九月二十日の日記に、

《今宵もまた玉の井の女を訪う。この町を背景となす小説の腹案漸《ようや》く成るを得たり》

とあるように、荷風はこの年の五月頃から玉の井を歩きはじめ、その散歩が次第に創作の意欲を掻き立てて行ったものである。荷風自筆の玉の井の明細図が残されてい

ることでもわかるとおり、その調査は頗《すこぶ》る綿密をきわめたもののようだ。腹案の成った翌日にも荷風は、雨中、昼間の玉の井を見るべく、いつもの家に、いつもの女を訪ね、帰宅すると早速、燈下に小説原稿を書きはじめた。それからも連日、玉の井にかよいつめるのだが、これは女が目的ではなく、明らかに執筆のための調査に出向いているのである。十月に入ってからも、依然として玉の井を訪ね、いよいよ感興が乗ってきたのであろう、七日にはその小説の題名を『濹東綺譚』ときめ、二十五日には全編を脱稿している。

当時の荷風の筆がいかに熱気をおび、躍動していたかは、さりげなく誌《しる》された日記の文面からも推察される。原稿は百枚余りのものだが、ともかく一編の新聞小説となるものを、この僅かな日数で書き上げているのは、余程の好調と考えるべきであろう。

この小説が朝日に掲載されるにいたった経緯について、くわしいことを私は知らない。ただ、日高基裕氏の紹介で原稿は朝日の記者に渡され、その年の十一月に原稿料二千四百余円が朝日から支払われたという話を人づてに聞いているだけである。私は終戦直後の頃、日高氏との面識があったが、荷風についての話は殆ど何一つ聞かされていない。おそらく固く口止めされていたものかと思う。

何にしても朝日は昭和十一年十二月十一日の紙上で、正月早々にも連載をはじめる旨を予告したが、それが四月中旬まで延びたのは、やはり社内に反対意見があったからだとの噂をきいた。しかし、当時としては『濹東綺譚』のような小説に反対する者がいても、それは当然であろう。二・二六事件の直後、陸軍は表面上、一時鳴りをひそめていた。「粛軍」という何を意味するか分らないような言葉が新聞や雑誌にしきりにあらわれ、要するに軍の内部で激しい派閥争いがおこなわれている様子だった。その間、世間は何やら真空状態のような有様をていし、検閲の目も緩んだかに見えた。阿部定の情痴事件が浅草の舞台でアドリブやジョークに使われたりしたのも、その間隙を突いたものだろう。

同じ年の五月二十日、荷風が玉の井に出掛けて、曹洞宗東清寺の玉の井稲荷の縁日とぶっつかり、人出に賑わう町を眺めて帰ってきた。この時期には、まだ玉の井の散歩が『濹東綺譚』を書くことになることなど予期していなかったらしいが、お稲荷さまの縁日との出会いが、荷風にこの小説を書かせるキッカケを神仏が用意してくれていたというわけだろうか。

この年の一月には、日劇で『ジャズとダンス』の初公演があった。これが日劇ダンシングチームの前身といわれるものだが、荷風はこの有楽町の新名物ロケットガールには目を向けず、浅草六区のオペラ館などの方へ専ら脚を運ぶことになるわけだ。ここにも荷風の興味が銀座の女給たちから玉の井の私窩子に移って行った事と相通じる趣味なり心情なりの変化が窺える。

四、荷風の「悪戯」

『濹東綺譚』の連載がはじまると、朝日の社内の印刷工たちが、刷り上った夕刊の小説の前に群がって読みふけったとか、駅の新聞売り場でも珍しく朝日の夕刊が真っ先きに売り切れたとか、正宗白鳥、宇野浩二など、ふだん新聞小説に興味を示さない人たちが、『濹東綺譚』だけは欠かさず熱心に読んだとか、そんな話が伝っているが、そうしたことは皆、後から聞いたり読んだりして知ったので、残念ながらその頃の私は映画に熱中して、他の事には全く無関心だった。

当時、わが家でも新聞は朝日を取っていたが、『濹東綺譚』が何処にどんな風に載っていたかという覚えもまるきり無い。といっても、まだ中学生だった私には、濹東綺譚といわれても「濹東」とは如何なるものか全然、合点が行き兼ねたはずである。

私が東京へつれて来られたのは小学校上級生の頃だが、住んでいたのは青山、目黒、世田谷など、西の郊外のはずれの方だから、浅草へもめったに連れて行って貰ったことがない。地下鉄も最初は浅草・上野間だったのが、だんだん西へ寄ってきて、新橋で暫く工事が止っていた。それが渋谷まで通ったのは、たしか昭和十四年の春、私が中学を卒業した翌年かと思う。おかげで浅草は急に身近かなとは言わないまでも、私にとって無縁な場所ではなくなった。もっとも玉の井は無論、向島など川向うの町は、やはり縁遠いところには違いなかったが。

ところで、秋庭太郎『考証永井荷風』には、昭和十一年九月頃の或る晩のこととして、荷風が年少の友人小田呉郎を連れて隅田公園を散歩した際、風呂敷の結び目から古着の女物の派手な襦袢のはしを、わざと眼につくようにチラチラさせながら、巡査の立っている交番の前を何べんも往ったり来たりしたという事が出てくる。前もって荷風は小田に、「もし自分が不審訊問を受け、勾留されて三日たっても帰れなかったら、これを持って迎えにきてくれ」と、戸籍謄本か何かの入った封筒を渡してあったという。しかし、いくら交番の前を派手な女の襦袢の風呂敷を手に下げて、ぶらぶらしても巡査は何の興味も示さず、不審訊問どころか、声一つかけてくれなかった由。

これは秋庭氏が小田氏から直接きいたものだというのだが、こういう話をきくと、荷風散人というよりまるで遠藤狐狸庵の悪戯談義を聞かされているような心持になる。『濹東綺譚』を読んだ人なら、これが冒頭の場面で次のように使われていることを覚えているだろう——。荷風の分身〝わたくし〟はその夜、浅草の帰りに山谷堀から日本堤に出ると、行きつけの古本屋で出会った男から、維新前後のものらしい胴抜の長襦袢を、古雑誌と一緒に買って包ませた。風呂敷包みの中にはすでに先刻買ったパンや鑵詰などが入っている。言問橋の燈のそばまできて、この包みが持ち難いので、公園の手前の暗い芝生の上に荷物をひろげて包み直していると、「おい、何をしている」と巡査に見咎《みとが》められ、橋際の交番に連行される。

氏名、住所の次に年齢を訊かれると、「己《つちのと》の卯《う》です」とこたえる。巡査は重ねて訊く。「いくつだよ」黙っていようと思ったが後がこわいので「五十八」「いやに若いな」「へへへへ」といった調子であしらうと、次に巡査は服のポケットを調べて、財布を抜き出したが、内身は見ずに卓子の上に置くと、風呂敷包みに眼を向けて言う。「ほどいて見せたまえ」

パンと古雑誌まではよかった。次に《胴抜の艶しい長襦袢の片袖がだらりと下るや否や、巡査の態度と語調とは忽一変して》甚だ険悪な様子となる。このへんの呼吸はさすがに狐狸庵先生の文章とは格段の相違で、思わずドキリとさせられる。さいわいにして、取調べの巡査の手が財布の中から、火災保険の仮証書と、戸籍抄本、印鑑証明書と実印を探り出した。これらのものが無言のうちに、怪しげな物を持ち歩き、訊問に「己の卯」などと気障なことをうそぶく男が、有資産者であることを証明してくれて、〝わたくし〟は無事に釈放される。

五、横光利一『旅愁』

永井荷風が、まだ『濹東綺譚』の構想に目鼻もついていないまま、玉の井の町を夜毎うろつき歩いていた頃、横光利一は海路、ヨーロッパを目指して出港した。

その船が日本をはなれて数日もたたぬうち、二・二六事件が起り、その報せを船中で受けた横光は、異様なショックに襲われたようだ。実際、あの頃の日本人は外国へ行くというだけで、言いようのない緊張を覚えていた。まして二・二六事件のような〝政変〟が勃発したとあっては、おそらく誰もが前途に不吉な予感を覚えたであろう。

四月のはじめに横光はマルセーユに到着し、一行の日本人は一旦ここで上陸して、名物のブイヤベースを食べに出掛けることになる。しかし『旅愁』の主人公の矢代は、いざ明るい港町のレストランに入ると、急に片脚が硬直したまま動かなくなった。別段、上陸第一歩のフランスの街に気圧されたわけでもないが、とにかく脚が引きつれて我慢ならなくなったので、食卓をはなれて外へ出た。同船の客千鶴子が心配してついてきてくれた。矢代はなさけ無い思いだった。他の男たちは皆、地元の白葡萄酒でブイヤベースを飽食しているというのに、自分一人、気のおける令嬢の千鶴子に附き添われて、日本の船に戻らなければならぬとは。

ところで不思議なことに、千鶴子と一緒に日本の船に戻ってみると、矢代の脚はあれほど硬直していたのが嘘のように治り、船内を自由に動き廻れるようになっていた。この『旅愁』という小説を、私はその後、途中まで読んで何度も放棄することになるのだが、この矢代がマルセーユに上陸したとたんに脚がつれて動けなくなり、日本船に戻ると無意識のうちに、その痛みを忘れているという場面は、何度読んでも面白い。

極端な言い方をすれば、横光氏のヨーロッパ紀行のすべては、上陸第一日目の脚の痛みに集約されているのかもしれない。いや『旅愁』は小説だが、そのヨーロッパ「紀行」は最初に次のように述べてある。

《四月四日

雨。巴里へ着いてから今日で一週間も経つ。見るべき所は皆見てしまった。しかし、私はここの事は書く気が起らぬ。早く帰ろうと思う。こんな所は人間の住む所じゃない。……》

《巴里について、いろいろの人が、いろんな事を云ったり書いたりした。しかし、そ

れら　の人々が、自分の顔がどんなに変ったか誰も云いもしなければ、知りもしない》

これは必ずしも、横光氏の創見でも卓見でもない。小出楢重《こいでならしげ》もこれと同じようなことを言い、実際にフランス滞在を早々に切り上げて、古いフランス人形を一つ買って帰ると、その人形をモデルにたくさんの版画やガラス絵を描いて、それを生活の資とした。

横光も小出も、ここではフランスに到着早々、脚痛を起したなどとは書いていない。しかし一週間もすれば、見るべきものは皆見てしまったという点は同じであり、さらにパリ街頭のガラス窓に映った自分の容貌風姿にウンザリさせられている点でも同様なのである。

私は、ここに荷風の『ふらんす物語』の引用を差し控えることにする。荷風のフランス讃美と陶酔とは余にも有名で、それが横光や小出の印象記とは全く対蹠《たいせき》的なものであることは、あらためて言うまでもないことだからである。

しかし、それ以上に私は、あれほどフランスに惚れ抜き、骨の髄からフランス文明に共鳴していたかに見える荷風が、父の病気で一年そこそこのフランス滞在を切り上げて日本に帰ると、以後一度もフランスに足を向けなかったことが、不思議に思われるからだ。

勿論、現在のように手軽にジェット機でフランスへ出掛けられる時代を基準に考えるわけには行かないが、荷風ほど容易に外遊できる条件に恵まれた人は珍しかったろう。それなのに、なぜ日本に居坐って動こうとしなかったのか？　じつは、こんなことは私達が考えてみたって仕方がないだろう。ただ、想像するのに、荷風は或る時期から、東京の街中のくらしを、意外に愉しんでいたのではなかろうか。パリなど、その気になれば何時でも行ける、そういう好条件にあると、却って外国へ行くのは億劫になり、むしろ川向うの溝沿いの私娼の町に足を運ぶことが多くなったのではないか。

六、大人と子供の違い

横光利一の『旅愁』は昭和十二年四月十三日から東京日日（現・毎日新聞）・大阪毎日の夕刊で始まった。そして、それから三日後の四月十六日の東京・大阪の朝日新聞夕刊は荷風の『濹東綺譚』を連載しはじめた。

別段、これは朝日、毎日の両紙が意図的におこなったことではない。

前にも述べたように荷風は前年、九月末頃、濹東をおとずれたあと、《この町を背景となす小説の腹案漸く成るを得たり》と言い、翌日の夜から直に執筆にとりかかって、約一箇月後の十月二十五日に『濹東綺譚』百数枚の原稿を脱稿している。そして翌月には、朝日との契約が成立し、あくる昭和十二年の新年から連載がはじまる旨の予告も、新春の新聞にある。しかし、その予定は遅れに遅れ、十二年四月十四日の夕刊にやっと、

《待望の永井荷風氏が、いよいよ近く夕刊中篇小説に登場いたします。題して『濹東

綺譚』……》

という予告が出たわけだが、これはもっぱら朝日の社内事情によることであって、毎日新聞への対抗措置ではない。尤も、この朝日の社内事情なるものの実態は、私には全く不案内である。要するに、この緊張した時局に玉の井の小説などのせるのはいかがなものかといったことであろう。作者荷風にとっても、いったん社告で連載を予告しながら、いつまでも宙ぶらりんの状態に置かれることは、甚だ落ちつきが悪く不快なものであったに相違ない。それで無名の小出版社から私家版で出してみたが、これが紙のタテ目とヨコ目を取り違えるというシロウト然とした不様な出来のものだったので、荷風は激怒し、代価の支払に応じないことになった。

一方、毎日の『旅愁』には、そんなゴタゴタはなかったようだ。横光利一作、藤田嗣治画と両大家の名を並記し、セーヌ河畔のエッフェル塔に旭日の燦然と輝くさまを挿し絵に、次のような堂々たる文章で始っている。

《……復活祭の近づいた春寒い風が、河岸から吹く度に、枝枝が慄《ふる》えつつ弁を落していく》

《パッシイからセイヌ河を登って来た蒸気船が、芽を吹き立てたプラターンの幹の間から、物うげな汽罐《きかん》の音を響かせて来る。……》

まことに悠然たるかまえであるが、描かれた風景は日本人読者にとって、じつに目新しく、期待感を覚えさせるものであったにちがいない。

しかし、それから三日たって朝日で『濹東綺譚』の連載がはじまると、両者の力関係は、次第に逆転して行ったらしい。

中山義秀は、『濹東綺譚』を『旅愁』と比較して大人と子供の違いだという意味のことを言っている。これは中山氏だけでなく、文壇内の大方の見方でもあったらしい。誰よりも横光氏自身が荷風の『濹東綺譚』に引け目をおぼえていたらしく、『濹東綺譚』の連載が完結すると、『旅愁』の中断を毎日に申し込んだ。無論、毎日側ではこれを即坐に了承するわけには行かなかったが、四十日ばかり後に『旅愁』の中断をきめた。その時、すでにシナ事変が始っており、わがくにが戦争の泥沼に足をとられていったことは、すでに何度も述べた通りだ。

これは日本にとって大きな不幸であったが、横光個人にとっても、『旅愁』という小説にとっても、また大いなる不運であり、横光は戦後も断続的にあちこちの雑誌で延々二千枚まで『旅愁』を書きついだが、ついに完成せず、中断のままに終った。横光利一は『旅愁』のために死んだと言っても、過言ではない。

横光氏が渡欧した頃、氏は毎日の学芸部顧問であったが、毎日としては「横光利一特派員」の名前で、ヒトラーが〝民族の祭典〟を謳い上げているベルリン・オリンピックの模様を伝えてくれれば、それでよかった。しかし、文名赫々たる横光利一としては、オリンピックなどという子供騙しの見物だけのために、わざわざヨーロッパまで出掛ける気にはなれなかった。行くからには、シュペングラーの『西洋の没落』ではないが、或る文明の〝落日〟の実態を自分の眼でシッカリととらえてこなければならぬという心持だったのである。

七、驟雨の出会い

『濹東綺譚』には『失踪』と題する別の小説が挿入されている。これはジッドの小説『パリュード』から学んだ技法だと言われるが、そうだとしても、別段それは思想内容にわたって影響を受けたものではなく、たまたま主人公が荷風をそのまま投影させた小説家であり、その作家大江匡《おおえただす》の小説『失踪』が『濹東綺譚』の中で合せ鏡のような効果を発揮して、荷風と『綺譚』の女主人公お雪との交流が決して現実のものではないことを、側面からハッキリと断るという役割を果してもいる。小説のモデルに対してこれほどまでに細心に気を使う荷風という人は、よくよく冷淡な人柄のようにも思われるが、逆にそこにこそ荷風の人間的な面白味があるとも言える。

何にしても〝わたくし〟が玉の井へ足を向けるようになったのも、その小説『失踪』の主人公種田順平《たねだじゅんぺい》が女房子供とも別れて身を隠そうとする、そのための場所を震災後に建て直されて全然旧観を失った町の何処か、たとえば本所か深川か、それとも浅草のはずれ、でなければそれに接する旧郡部の陋巷《ろうこう》に持って行くことにして、砂町、亀井戸、小松川、寺島町といったあたりを、余暇の間合に何度となく探索に出向いている。

浅草から吾妻橋を渡り、秋葉神社の前を過ぎて暫く行くと線路の踏切りにぶっつかる。貨物列車を待つわずらわしさに、線路沿いの道を左に行くと、ほどなく東武線の玉の井駅の横手に出た。線路の左右に鬱蒼と樹木の茂った広大な別荘らしいものがある。

昔、白髯《しらひげ》神社を越えた向うに寺島村という地名を聞くと、青年時代の荷風たちは、先ず五代目菊五郎の別荘を思い出した。勿論、昭和十年代の寺島町と変った土地には、先代菊五郎を偲ぶよすがとなるものなどあろうわけがない。ただ、鬱然たる樹木に蔦かずらが生い茂り、竹藪や老樹が手入れもしないままに倒れかかったようになりながら、森閑と静まりかえった廃園かと思われる広大な庭を見つけると、それが誰の屋敷跡かということよりも、過去の時代の風雅さに想いを凝らさないではいられない。

東武線の他に、以前は京成電車も玉の井に来ていたらしく、その線路跡の土地の傍に、石段を取り除かれた廃駅の跡が、雑草に覆われて古墳か城跡か何ぞのように、ふと悲愴なものを漂わせている。夏草を踏み分けながら、その土壇の頂上まで上ってみると、壇の向う側は足もと一面、粗末なトタン屋根が不規則に波打った陋屋が、好き勝手な方角をデタラメに向いて立て混み、その間に湯屋の煙突が何本もニョキニョキと突っ立っている。それは土壇の手前が古雅な風致を残していたのとは対照的に、こちら側は安手のごみごみした建物が見渡す限り、何かアナーキーな臭気と騒音を発しながら拡がっている。

そんな風景を〝わたくし〟は、しばし呆然と眺めていたが、雑草の合間に小径を見つけて下の町へ下りた。そこはすでに玉の井の繁華街で、商店の合間の路地口には、「ぬけられます」、「安全通路」、「京成バス近道」、「オトメ街」、「賑《にぎわい》本通」といった奇妙な看板が出ている。

大江匡が路地の煙草屋でタバコを買っていると、驟雨に見舞われた。

《突然、「降ってくるよ。」と叫びながら、白い上ッ張を着た男が向側のおでん屋らしい暖簾のかげに馳け込むのを見た。つづいて割烹着の女や通りがかりの人がばたばた馳け出す。あたりが俄に物気立つかと見る間もなく、吹落る疾風に葭簀や何かの倒れる音がして、紙屑と塵芥とが物の怪のように道の上を走って行く。やがて稲妻が鋭く閃き、ゆるやかな雷の響につれて、ポツリポツリと大きな雨の粒が落ちて来た。あれほど好く晴れていた夕方の天気は、いつの間にか変ってしまったのであ

る》
俄か雨の描写ひとつで、忽ち町自体が生き返ってくるように見えるあたり、荷風の筆は冴えている。大江が兼ねて用意の傘をひらいて歩きかけると、
《「檀那、そこまで入れてってよ。」といいさま、傘の下に真白な首を突込んだ女がある。油の匂で結ったばかりと知られる大きな潰《つぶし》島田には長目に切った銀糸をかけている》
夏の日は、まだ暮れるには間がある。しかし、先刻の稲光につづいて驟雨の雨脚が追い馳てくると、店々の燈火は明るくかがやき、早くも色町は夜の様相をただよわせて、例の路地口の「ぬけられます」などの看板燈にも火が入り、街全体に夜の活気がみなぎり出している。いま大江の傘にとび込んできたのは、
《「じゃ、よくって。すぐ、そこ。」と女は傘の柄につかまり、片手に浴衣の裾を思うさままくり上げた》

八、秋雨の別れ

結い立ての潰し島田の髷にかけた銀糸の乱れかかっているのをひょいと見ると、いかにも痛々しく、大江は、自分は洋服だから濡れてもかまわない、と自分の傘を女に差し出した。

しかし、じつは彼は何よりも、月が出ているとはいえ、まだ日の高いうちから、女との相合傘は、いくらこんな町でも幾分の気恥ずかしさを覚えたからだ。もっとも、この町で女に半分でも傘を差しかけたら行き先きは路地奥の女の家ときまっている。女はもう男の手は離さない。

家に着くと女は、

《「あら、あなた。大変に濡れちまったわ。」と傘をつぼめ、自分のものよりも先に掌でわたくしの上着の雫を払う。

「ここがお前の家か。」

「拭いて上げるから、寄っていらっしゃい。」

「洋服だからいいよ。」

「拭いて上げるっていうのにさ。わたしだってお礼がしたいわよ。」

「どんなお礼だ。」》

雨はまだ盛んに降っている。これでは暫く雨宿りせざるを得ない。大阪格子の中仕切に、鈴のついたリボンの簾が下っている。このリボンに鈴をつけた簾は、たぶんこの町に独特の飾り物ではないか。この簾の向側に何があるのか、とにかく大江は靴を脱いで家に上った。そこには誰もいない。昨日まで、もう一人、女がいたが、他に住替えで出て行った。あとは主人が、毎晩十二時に客の上りをしるした帖面を調べにやってくるだけだ。

《わたくしはすすめられるがまま長火鉢の側に坐り、立膝して茶を入れる女の様子を見やった。

年は二十四五にはなっているであろう。なかなかいい容貌《きりょう》である。鼻筋の通った円顔は白粉《おしろい》焼がしているが、結立の島田の生際もまだ抜上ってはいない。黒目勝の眼の中も曇っていず脣や歯ぐきの血色を見ても、其健康はまださして破壊されても居ないように思われた。

「この辺は井戸か水道か。」とわたくしは茶を飲む前に何気なく尋ねた。井戸の水だと答えたら、茶は飲む振りをして置く用意である。

わたくしは花柳病よりも寧チブスのような伝染病を恐れている》

荷風の筆は女の容貌を簡明に述べながら、じつはそれ以上に女の年齢や健康状態について、まるで医者のように冷静適確な診断を下し、さらに台所の水の水質の良否にまで検査の眼を光らせている。これから附き合おうという女に対しては、極く短時間のうちにこの程度の洞察眼がはたらくようでなくては、嫖客《ひょうかく》といえども一人前とは言えないのであろうか。

そういえば〝わたくし〟は、いま出合ったばかりの女の家で、長火鉢の前に通されて、「何だか檀那になったようだな」と、やに下ったようなことを言っているが、いかにドブ際の私娼窟とはいえ、一見の客がこうした待遇を受けることは、そんなに屢々あることとは思えない。少くとも女にとって彼は相性の好い客と思われたのであろう。

荷風は、この小説が驟雨《しゅうう》雷鳴とともに進展しはじめたことを、《これ亦作者常套の筆法だと笑う人もあるだろうが》と断りながら、《夕立が手引をした此夜の出来事が、全く伝統的に、お誂通りであったのを、わたくしは却て面白く思い、実はそれが書いて見たいために、この一篇に筆を執り初めたわけである》と述べている。

一見これは弁明の言葉のようだが、実際はこれには何の弁解も釈明も要りはしない。お雪と〝わたくし〟との出会いは、たいへん自然に素直に書けており、驟雨雷鳴という気象情況が物語の手引になっているのは、むしろこの小説の真の主題が天然自然というものに在ることを示すものだ。

夏の初め、梅雨あけの頃に起ったお雪との出会いが、秋を知らせる突風の吹き荒れてくるにしたがって、お雪との間にも別れを告げるべき時の近づいたことを、〝わたくし〟も何となく悟るようになり、別離のしるしをそれとなくお雪に贈って去って行く。この初夏から中秋にかけての季節の移り変りが、そのまま表向きのドラマ以上に劇的なものを、無言のうちにわれわれの胸に語りかけてくる。

年々、秋風秋雨におそわれた後の庭は〝わたくし〟に紅楼夢の中にある『秋窗風雨夕《しゅうそうふううのゆうべ》』という古詩を思い出させるとして、その詩を次のように掲げている。原文は漢文だが、私は自分の読みやすいように、日文にひらいて置く。

秋花は惨淡として、秋草は黄なり。

耿耿《こうこう》たる秋燈《しゅうとう》、秋夜は長し。

已に賞す、秋窗に秋の尽きざるを。

那《いかん》ぞ堪《たえ》んや、風雨の凄涼《せいりょう》を助くるを。
秋を助くるの風雨は、来たること何ぞ速《すみやか》なるや。
驚破す、秋窓秋夢の緑なるを。

荷風は、この詩を『濹東綺譚』の終章の近くにのせることを、必ずや最初から念頭に置いていたものと、私は思う。つまり、この小説の主題が何よりも季節の移り変ることの情感にあるとすれば、それに最もふさわしいのは、この『秋窓風雨夕』の古詩に他ならないはずだからである。

九、銀座の夜店で

昭和十四、五年頃の荷風の日記をめくりながら、私は自分が初めて銀座通の夜店で荷風の短編集『おもかげ』を買った時のことを憶い出す。昭和十五年（皇紀二千六百年）の八月の終り近く、私は友人によばれて信州沓掛《くつかけ》の家に三日ばかり泊めて貰い、夕刻、東京へ帰ってくると、用もないのに銀座へ出掛けた。当時、二十歳でまだ受験浪人を続けていた私は、銀座でも酒場などに入れるわけもなかった。大体、そういう店は、入口に、「学生、未成年者お断り――」の札が麗々しく掲げてあって、われわれには入れないというより、近寄り難いところだった。

その頃、荷風は最もしばしば銀座へ出ているが、私は無論荷風に出合ったことはない。昭和一と桁のカフェー全盛時代にも荷風は銀座にかよい、『つゆのあとさき』などカフェーの女給を主人公に小説を書いたが、シナ事変勃発の前後には、もはやカフェーに倦きて玉の井に河岸を変えた。さらに『濹東綺譚』を書き上げたあとは、連日、吉原にかよい詰め、それも一と晩に二、三軒の青楼に上るほど熱心にかよったが、吉原は荷風には書き難いらしく、結局『おもかげ』のような短編を一本残しただけで、吉原にはキッパリと足を向けなくなった。

しかし、すでに時節柄、女中も家政婦も呼べなくなった荷風は、食事のためには殆ど毎夜、外食しなければならず、そうなると銀座へ出ることが多く、ときどき土州橋の病院でホルモン注射など受けたあと、芝口の金兵衛や牛肉屋の今朝、それに銀座食堂や有楽町不二アイス等を順次、廻っていたようだ。日本橋の花村や上野池之端の揚げ出しなどへも、気が向くと時折り出掛けた。浅草へは銀座のあとで足をのばすことが多かったが、直接出向いた場合にはオペラ館の踊り子たちを連れて、近くの洋食屋や牛鍋屋へ行ったらしい。『濹東綺譚』のお雪の家に最初に上ってお茶を出されると、「井戸か水道か」と尋ねるほど用心深い荷風だから、食いもの屋でも衛生には気をつけただろうが、ふだんの食事に高級な店を選んだりはしなかったようだ。

その頃、私は荷風の小説を読みはじめていたが、その跡をつけ廻す気持にはならなかった。ただ後に、その日記を読んで、銀座のきゅぺるや有楽町不二アイス、浅草六区のハトヤなど、荷風のよく行く店に自分も行ったことがあるのを知り、世間が案外狭いことを知った。ところで、その日の夕刻、私は一人で銀座を歩きまわり、ほんの

三、四日、信州へ行っただけなのに、街の様子がいつもと随分違うように感じた。
東銀座の洋菓子店に入ると、菓子はなく、ガラスのケースの中に何種類かのサンドイッチが並べてあり、どれも値段はいやに高い。椅子に坐ってコーヒーを飲むと、これは一杯十五銭に値下げしてあり、味はまるきりマズかった。私は咄嗟に、街の喫茶店のコーヒーも公定価格がきまったという記事をどこかで読んだのを思い出した。菓子屋を出ると、「ぜいたくは敵だ」という看板があっちこっちに立っているのが、やたらに目についた。

表通りに出たが、たしかに人通りは不断より少なかった。夜店も十時まででおしまいだという。あれは五丁目か六丁目か、松坂屋の直ぐ前あたりだったと思う。露店にしては小綺麗な古本屋があった。私は立ちどまると、たちまち『濹東綺譚』と『おもかげ』とが平台に二冊ならべてあるのが目についた。菊判の薄手の本だから、それだけでも目立ちやすい。ほかにどんな本があったかは忘れたが、荷風の本が何冊かあったように思う。私は手をのばして『おもかげ』をとった。箱はクリーム色で、中の表紙は白い鳥の子紙だ。古本なのに汚れは何処にも目につかない。私は吸い寄せられるように、その本を買おうとした。ただ、値段をみると二円、つまり新本と同じなのだ。

「高いんだね」私は言った。

「ええ、初版ですから」と、古本屋の親爺はこたえた。親爺といってもまだ三十代半ばといった年恰好だ。

「初版？」私は訊き返した。「再版ものとは何処か違うの」

「内容は何処も違やしませんよ。ただ、近頃のものは版を重ねるたびに、紙や印刷の質がだんだん悪くなってくるんです。『濹東綺譚』なんか、もう六刷になってますがね、ごらんなさい、これは五刷ですかね、ずいぶん紙が薄くなってましょう」

親爺は『おもかげ』の隣にあった『濹東綺譚』を引き抜いて私に渡した。なるほど、これは『おもかげ』の初版と較べてみるまでもなく、本の出来の悪さは一目瞭然だった。私は古本屋に降参して、すぐ『おもかげ』を買い、金を払いながら訊いた。

「『濹東綺譚』の初版はいくらなの」

「『濹東』の初版本は家にも一冊ありますがね、値段は言えませんよ。ま、定価の倍はするでしょうが、私は手放す気はありません、宝ですもん、それは……」

その言い方は、多少大袈裟な気もした。しかし先刻入った洋菓子屋の棚に、菓子が一と切れもなかったことを考えると、昭和十二年に出た初版の『濹東綺譚』が定価の倍になっているとしても、むしろ当り前のようにも思われた。但、これは希覯本の価値というより、物資不足のヤミ値のようなものだろう。どっちにしろ私は、夜店で買った『おもかげ』に予期せぬ満足を覚えて、足取りも軽く家に帰った。

十、私家版『濹東綺譚』

銀座の夜店の古本屋のいったことは本当だった。たしかに『濹東綺譚』初版本は、あちこちの古本屋で定価の倍額五円の値をつけていた。流布本でさえそんな値段なのだから、私家本は大変な高値を呼んだろうが、『濹東綺譚』の私家本など噂にきくだけで、私は実物を見たことは一度もない。ただ、闇のルートでその本が出廻っているという伝説だけは、何度もきいた。

私の友人で一人、その私家本を所有していたのは結城信一君（故人）であるが、結城さんは荷風が昭和二十年三月十日の空襲に麻布市兵衛《いちべえ》町で罹災し、偏奇館が焼亡したことも知らなかった。一と月以上たってその事を聞き、別に荷風とは個人的な縁故はなかったが、偏奇館の場所は知っていたので、焼跡を見に行った。あたり一帯焼け野原で、荷風邸も丸焼けになり、立木が一本、黒焦げになって立っていた。

≪……余が庭の椎の大木炎々として燃上り黒烟《こくえん》風に渦巻き吹つけ来るに辟易し、近づきて家屋の焼け倒るるを見定ること能《あた》わず、唯火焔《かえん》の更に一段烈しく空に上るを見たるのみ、是偏奇館楼上少からぬ蔵書の一時に燃るがためと知られたり》（『断腸亭日乗』）

焼け棒杙《ぼっくい》は荷風の庭の椎の大木に違いないが、その近くに真黒く焼け焦げた蔵書の残骸がうず高くのこっていた。結城さんは感慨無量でその残骸を見据えていたが、何の気なしにそれを突き崩すと、なかから一冊、周囲の焦げた『濹東綺譚』の私家本が出てきたというのである。

いまは亡い結城さんに、この話の事実か否かを確めるわけには行かない。しかし彼の人柄からしても万々これが作り事だとは考えられない。何よりもこの結城さんの話は、私たち戦時中に荷風の小説を読んできた者にとって、『濹東綺譚』やその私家本などが、いかに貴重なものであったかということなのだ。

勿論、私の同年代にも荷風など全く受けつけない者もいて、むしろそういう学生の方が多かったであろう。昭和十五年十月十日の荷風の日記に、こんな記事もある。

《帝国大学慶応大学々生各数十名共産党嫌疑ニテ捕エラル新聞ニハ此《コノ》記事無シト云《イウ》》

この中に私の偶々知っている男もいたが、彼等は共産党でも荷風の読者でもなかったはずだ。ただ、この一行の記事は、当時の切迫した時代の空気を知るよすがにもなるし、また荷風にはこんなものに目を向ける一面のあったことを語ってもいる。

私は『おもかげ』を手に入れて間もなく、『濹東綺譚』も買い、この二冊を繰り返し読んで、それまで漠然と円本全集などで『おかめ笹』や『腕くらべ』を読んでいたときとは、別の目で荷風を読みはじめていた。『濹東綺譚』はすでに述べたように、その末段、秋風の吹くところにクライマックスがあり、総てのものが秋の気候や季節に収斂し、それにつれて主人公〝わたくし〟とお雪の間柄も、秋の突風が男の頭髪を吹き乱し、庭の草花を薙《な》ぎ倒すように、周囲からそれとなく、あらがいようのない力で、無慙《むざん》に引き裂いていってしまう。そこに時代の波や戦乱の暴力に圧潰されて行く姿を極めて暗示的に述べているのである。

それにしても昭和十五年、皇紀二千六百年という年は、皮肉にも私たちに末世の到来を教えてくれることになった。その年に結ばれた日独伊三国同盟を私など知るわけがない。ただ私たちは、その頃から自分が高い大きな塀に囲まれたような重苦しい気分になってきた。そして私は、濹東という所に行けるうちに行って置きたいという気になってきた。こういう時の案内書には『濹東綺譚』よりも『寺じまの記』の方が役に立ったかもしれない。

《路地の両側に立並んでいる二階建の家は、表付《おもてつき》に幾分か相違があるが、（略）いずれも三尺あるかなしかの開戸の傍に、一尺四方位の窓が適度の高さにあけてある。適度の高さというのは、路地を歩く男の目と、窓の中の燈火に照《かが》らされている女の顔との距離をいうのである。窓際に立寄ると、少し腰を屈めなければ、女の顔は見られないが、歩いて居れば、窓の顔は四五軒一目に見渡される。誰が考えたのか巧みな工風《くふう》である》（『寺じまの記』）

たしかに、それはじつに巧んだ工風だ。窓の女が四、五軒ずつ一目に見える。それ以上多くても、少くても困るだろう。四、五人の顔が照明と化粧でポッと浮かび上ると、まさに妍《けん》を競うといった効果がある。『濹東綺譚』のお雪は荷風の好みに合せて、明治末年を想わせる日本髪に結っているが、それは全体の一割にも満たない位だろう。束髪や洋髪の他に、真直ぐな髪を長く背中に垂らしたのもいる。無論、着るものも千差万別で、和服、洋服、さらに女学生のセーラー服姿の女までいる。

念の入ったことにセーラー服の傍には、意地悪そうな猫背の婆あさんが控えて、「この娘は今日初めて座敷に出るんですよ」と金壺眼《かなつぼまなこ》で客を見詰めている。かと思うと背後に「銀座でフランス語」というポスターを貼り、当時一番人気の女優ダニエル・ダリューに似せて、唇をハート型に紅を塗り、睫毛《まつげ》の長い眼をジッとこちらに向けていたりもする。

荷風によれば女は、「チョイトチョイト」とか、「チイト、チイート」といわゆる鼠鳴きの節をつけて呼び、それは荷風が二十歳の頃、吉原、洲崎、浅草公園裏手などで聞き慣れたものと同様であるという。しかし中には黙っているのも結構多く、セーラー服や、フランス語講座の看板を出した女なぞは、皆だんまり組である。黙って和服の顔に笑みを浮べて誘いかけてくるのもいる。こうした迷路《ラビラント》の散歩は、それだけでも一瞬歓楽の夢を見る不思議な心持にさせてくれる。

十一、荷風と芸者

荷風は、『腕くらべ』と『おかめ笹』の二本を大正の初期から中期にかけて書いて以来、芸者を主人公にした長編ないし中編の小説は書いていない。昭和六年に書いた『つゆのあとさき』は銀座のカフェーの女給が主人公だし、昭和九年に書かれた『ひかげの花』は、情夫と二人で密淫売を稼業にしている女の暮らしを描いたものだ。

しかし、女を描いた荷風の小説は、どれも基本的には芸者がモデルであるようにも思われる。ただし私は、芸者がどんなものか、本当のところ良くは知らない。ただ、芸者といえば私たちが子供の頃には身近なところで見たり聞いたりしていた存在であったことは間違いない。田舎の大尽の家では、祝い事のとき自宅に客を招くと、芸者をよんで接待したというし、そうでなくとも街中を島田髷《まげ》の芸者が人力車で通るのは、私などにも別段珍しい光景ではなかった。

玉の井の女について、『濹東綺譚』は、《一体、この盛場の女は七八百人と数えられているそうであるが、その中に、島田や丸髷に結っているものは、十人に一人くらい。大体は女給まがいの日本風と、ダンサア好みの洋装とである》としながら、綺譚の主人公大江匡が雨宿りをした家の女、すなわちお雪は《極く少数の旧風に属していた》と、いかにも言外にうれしさを想わせながら述べている。

荷風の女に対する好みは、この一言で明かであろう。

《雷の音は少し遠くなったが、雨は却て礫を打つように一層激しく降りそそいで来た。軒先に掛けた日蔽の下に居ても跳上る飛沫の烈しさに、わたくしは兎や角言う暇もなく内へ這入った。（略）

わたくしはすすめられるがまま長火鉢の側に坐り、立膝して茶を入れる女の様子を見やった。

年は二十四五にはなっているであろう。なかなかいい容貌である。鼻筋の通った円顔は白粉焼がしているが、結立の島田の生際もまだ抜上ってはいない。黒目勝の眼の中も曇っていず脣や歯ぐきの血色を見ても、其健康はまださして破壊されても居ないように思われた》

雨脚は一向に衰える様子もない。これじゃとてもお湯屋へも行けそうもない。「あなた。まだいいでしょう。わたし顔だけ洗って御化粧《おしまい》してしまうから」と女は、中仕切の外の壁に取りつけた洗面器の前に立つ。下端に鈴をつけたリボンの簾は、たぶんこの町に独特のもので何のために鈴があるのか、考えれば何だか奇妙なものだが、その不思議な簾越しに、双肌《もろはだ》ぬぎになった女が前かがみで顔を洗う姿が見える。胸から両腕にかけての肌は、顔よりずっと白く、乳房の形が崩れていないのは、まだ子供を生んでいないからだろう。あたりを箪笥や茶棚に囲まれたなかで、そんな恰好の女を眺めていると〝わたくし〟は、ふと檀那のような気分になるのが、われながらおかしかったが、

「この土地が初めてじゃないんだろう。芸者でもしていたのかい」

そんな質問がひとりでに出ていた。しかし女は、水道の蛇口から出る水の音に掻き消されて聞えなかったのか、それとも答えるのが面倒だったのか、何も言わず、今度は鏡台の前で、肌ぬぎのまま肩の方から白粉をつけはじめる。

《「どこに出ていたんだ。こればかりは隠せるものじゃない。」

「そう……でも東京じゃないわ。」

「東京のいまわりか。」

「いいえ。ずっと遠く……。」

「じゃ、満洲……。」

「宇都の宮にいたの。着物もみんなその時分のよ。これで沢山だわねえ。」

と言いながら立上って、衣紋《えもん》竹に掛けた裾模様の単衣《ひとえ》物に着かえ、赤い弁慶縞《じま》の伊達締《だてじめ》を大きく前で結ぶ様子は、少し大き過る潰島田の銀糸とつりあって、わたくしの目にはどうやら明治年間の娼妓のように見えた》

しかし、そう言われても、明治年間の娼妓とはどんなものか分らない。私の知っているのは、高橋由一の有名な稲本楼小稲の油彩『花魁《おいらん》図』だけである。刺繡の裲襠《うちかけ》がまるで豹の毛皮か何ぞのように猛々しく見える彼女は、頗る威厳をおびて、むしろ女丈夫の面影があり、玉の井のお雪さんとは、どう考えても釣り合うものではない。ここは、やはりお雪さんの言った通り、宇都宮の芸者上りと受けとって、それ以上のものではないようだ。

そういえば昭和三十年代の後半、私は吉行淳之介の運転する車で、近藤啓太郎と三人で日光へ出掛け、夜は宇都宮で芸者を上げて飲んだことがある。だが、地方の初めての土地では何もすることがなく、時間つぶしに近所のキャバレーでキンキラキンの衣裳の歌手の演歌をきいただけで帰ってきた。ただ、宇都宮の芸者には律儀なところがあるのか、私たちの車にぎゅう詰めになって乗り込んで、日光の宿まで送ってくれた。当時は自動車が珍しいのか、芸者たちはキャーキャーと嬌声を上げていたが、途中から急に黙りこんだ。理由は分らなかったが、宿に着くと車を呼んで、彼女たちをそれぞれの家まで送って貰った。

翌日、車を道に向けて吉行は、「あっ」と言った。「これだぜ、ゆうべ芸者たちが口をきかなくなったのは」

私たちも愕然とした。道路一面、濡れた黄葉が散り敷いてつるつる滑り、その上をスリップしたタイヤの跡が残っている。そういえば昨夜は雨だった。そこを私たちの車は百キロ以上の速度で走っていた。宇都宮の芸者たちは、よくも我慢してそんな車で我々についてきてくれたものだと感心した。

十二、八重次との破局

『濹東綺譚』の主人公お雪には特定のモデルといえる人物はないという。これは当り前だろう。特定のモデルがいないだけでなく、風俗としても当時の玉の井の実態からは遠いという。これもまた当然である。要するに、この物語は昭和十一年、つまりシナ事変勃発の前年、墨田川東岸場末の紅燈《こうとう》街玉の井を背景に、〝わたくし〟大江匡と娼婦お雪との行きずりの恋情が、夏から秋にかけての気候の移り変りとともに、まるでひとりでに火が灯り、またそれが果敢なく自然に燃え尽きて終るさまを描いたものである。

ストーリーも平凡だし、叙述も格別際立ったものであるようにも感じられない。それでいて読み終ると、極めて上質のコンソメ・スープを口にしたような、こくのある味わいを覚えるのである。つまり、このスープには、それだけの元手がかかっており、贅沢な材料をふんだんに惜しみなく使い、さらに手間ひまも十二分にかけて作られたものなのだが、一般読者には到底そこまでは読み取れまい。私自身、学生時代に初めてこれを読んだ時にはそうだった。ただ、読後に何となく高雅なものに触れた心持よさを覚えた。

お雪のモデルに戻って言えば、当時七、八百人もいたという玉の井の娼婦の中に、お雪に完全に当て嵌まる女は一人もいなかったはずだ。私も、お雪の写真と言われるものを見たことはある。乱れかけた日本髪に、太襟の長襦袢をまとったその姿は、荷風の言う明治時代の娼婦を想わせるものだ。しかし私には、写真の女がお雪だとは思えなかった。それはなかなかの器量よしだろうが、いかにもあの頃の玉の井にいた女であって、それ以上のものではなかった。要するにお雪は、荷風が頭に描いた女であって、現実には何処にもいるはずはない。

ただ以前にも述べたように、お雪にモデルがあるとすれば、そのプロトタイプは荷風が昔なじんだ芸者の誰かであろう。

日記によると昭和十五年三月、その頃よくかよった浅草オペラ館で、荷風は自身の小説を脚色した『すみだ川』を見た。芝居で芸者お糸を演じた筑波雪子は、いかにも江戸風の仇っぽい顔立だったが、それがじつは朝鮮人だと楽屋裏の噂に聞いて、「一種名状しがたき奇異の思」にとらわれたと述べている。

《此夕雪子舞台裏の板はめによりかかり芸者の姿にて何やら駄菓子を食い指をなめながら出端《でば》を待てる様子を見るに、おのずからすみだ川作りし頃の事、かの富松といいしげい者と深間になり互に命という字を腕にほりしころの事など夢のように思返さるる折から、此の美しき幻想の主の外国人なることを知りては奇異の感禁じ難きものあり。……》

いまなら、レヴュー劇場の女優が韓国籍であるからといって、べつに驚くような人もいないだろう。が、荷風にとってはやはり相当のショックであったらしい。これは人種偏見といえば、そのとおりに違いない。だが荷風の場合、それ以上に「江戸風の仇っぽい芸者」という神聖視してきた美的信仰が覆《くつがえ》されたという思いが強かったはずだ。

ところで、この富松（本名は吉野コウ、二十四歳）というのは新橋新翁家の芸妓で、明治四十二年、荷風がフランスから帰朝した翌年、三十歳の夏に大野洒竹《しゃちく》に招かれた席で知り合った由。それ以後、「急速に交情が深まった」と年譜（岩波版荷風全集）にある。しかし荷風が富松と「互に命という字を腕にほ」ったというのは勿論、遊び心から出たものに相違ない。

富松との交情がどれくらいつづいたのかは分らないが、年譜によれば、翌明治四十三年六月十日に荷風は富松と堀切菖蒲園《しょうぶえん》に出掛けている。しかし、すでにその頃から新橋の巴家《ともえや》八重次（内田ヤイ、のちの藤蔭静枝、三十歳）との間にも交情が始っていて、さながら『腕くらべ』の世界を荷風はみずから演じつつあった模様だ。

ただ、何にしてもこの八重次は先年アメリカで知り合ったイデスと並んで、荷風の女性遍歴の中でも重要な一人であろう。

その後、富松は落籍させてくれる客がいたので、これさいわいと荷風はもっぱら八重次と歌沢の稽古などやりはじめた。それが一年ばかりも続くうち、荷風は八重次にも多少鼻につきはじめたものか、大正元年の九月に、本郷の材木商斎藤政吉の娘ヨネ（二十二歳）を娶って、赤坂の星ヶ岡茶寮で式を上げ、一と月後には入籍している。

ところが、その年の暮、荷風は八重次をつれて箱根塔之沢《とうのさわ》に行き、二十九日の晩に新橋の巴家まで帰ってきたが、その夜は新橋に泊った。そして翌日、帰るつもりだったが、運悪く身動きもならぬ大雪である。その日もそのまま泊ったが、じつはその頃、父久一郎が脳溢血で卒倒していた。翌三十一日、籾山庭後《もみやまていご》からの急報で、荷風はそのことを知り、病床に駆けつけたが、すでに久一郎は意識がなく、昏睡状態であった。

一体、どうしてこういう事になったのか。

別段、八重次が無理矢理荷風を引きとめて家に帰さなかったわけでもないだろう。

何にしても、荷風は八重次の傍に居残ったために、父の死に目に会わなかった事実には変りなく、結果として面倒な重荷を負わされた。

荷風は翌大正二年一月八日に家督を相続したが、それと引き替えのように二月十七日づけで妻ヨネと離婚してしまった。離婚の理由はわからない。元来、夫婦とも好きで一緒になったわけではないにしろ、亭主が暮の忙しいときに何処かへ出掛けて何日も家をあけ、その間に義父に死なれたとあっては、ヨネとしては決して穏やかな気分でいられるわけがない。その不機嫌はそのまま荷風に反映して、この際親不孝のついでに女房とも別れてやれ、という気になったのでもあろうか。

しかし何よりも、荷風は斎藤ヨネとは相性が悪かった。それとは逆に、八重次とは相縁だったに違いない。その翌年の五月十五日、荷風は食中毒で激烈な腹痛と発熱に苦しみ、半月ほども寝ついた。そのとき八重次は、四谷荒木町の自宅から大久保余丁町の荷風の家に駆けつけ、気働きよく看護につくして、荷風の母恆を感心させたという。

その甲斐あって八重（芸者をやめて次はとる）は、荷風との結婚を許され、八月三十日に浅草八百善で式を上げて、目出度く永井家の嫁に納まった（十月七日入籍）。だが、この再婚をめぐって、荷風と弟威三郎との間に根強い反目を生じた。二人の執拗な対立は実際上生涯にわたって続くのだが、その前に翌年二月十日、ヤイ（八重）が置手紙をのこして出奔、そのまま離婚になる。

《わたくしは若い時から脂粉の巷に入り込み、今にその非を悟らない。或時は事情に捉われて、彼女達《かのおんなたち》の望むがまま家に納《い》れて箕帚《きそう》を把《と》らせたこともあったが、然しそれは皆失敗に終った。彼女達は一たび其境遇を替え、其身を卑しいものではないと思うようになれば、一変して教う可からざる懶婦《らんぷ》となるか、然らざれば制御しがたい悍婦《かんぷ》になってしまうからであった。……》

八重との交情をめぐって、『濹東綺譚』のこの言葉が痛切に思い出されるところである。

十三、イデスへの想い

荷風が一番深くなじんだ芸者は、新橋の八重次（のちの藤蔭静枝）だと言えるだろう。したがって芸者でいた頃には、親切で気働きがあって、男が病気でもすれば夜の目も寝ずに看護につくすが、一たび結婚して入籍し、良家の一員ということになると、《一変して教う可からざる懶婦となるか、然らざれば制御しがたい悍婦になってしまう》というのは差し当り、この八重次のことが頭にあって、出た言葉かと思う。

しかし重ねて言うが、『濹東綺譚』のお雪には特定のモデルはない。だから八重次もお雪のモデルというわけではない。荷風に接近して、荷風から身の上ばなしのようなものをいろいろと取材してその話を書いたものの中には、荷風が滞米中に知り合った娼婦イデスこそ、お雪のモデルであると断言しているものもあるが、これにも私は同調し難い。ただ荷風がイデスと交流中に何度か彼女との離別を考え、とくに荷風がワシントンの駐米日本公使館から横浜正金銀行ニューヨーク支店に移って以後、イデスがニューヨークまで追い駆けてきて同棲生活を迫るようになると、その好意は感謝しながら、その情熱の激しさと重苦しさに悩むあたりは、そのまま『濹東綺譚』の〝わたくし〟がお雪に「わたし、借金を返しちまったら。あなた、おかみさんにしてくれない」と言い出された時の彼の困惑ぶりが想い出されるであろう。

《明治卅九《さんじゅうく》年（一九〇六）七月八日　イデス已に紐育《ニューヨーク》に在り。余を四十五丁目のベルモントホテルに待ちつつありと云う。余はこの電報を片手にして馳せ行けり。ああ去冬十一月落葉蕭々《しょうしょう》たる華盛頓《ワシントン》の街頭に別離の涙を濺《そそ》ぎしより恰も九箇月なり。（略）彼の女はこの年の秋かおそくもこの年の冬には紐育に引移りて静なる裏通に小綺麗なる貸間を借り余と共に新しき世帯を持つべしとて楽しき夢のかずかず語り出でてやまず。余は宛然《さながら》仏蘭西《フランス》小説中の人物となりたるが如く、その嬉しさ忝《かた》じけなさ涙こぼるるばかりなれど、それと共に又やがて来るべき再度の別れの如何に悲しかるべきかを思いては寧ろ今の中に断然去るに如かじとさまざま思い悩みて眠るべくもあらず。今余の胸中には恋と芸術の夢との、激しき戦い布告せられんとしつつあるなり。余はイデスと共に永く紐育に留りて米国人となるべきか、然らばいつの日か此の年月あこがるる巴里《パリ》の都を訪い得べきぞ。余は妖艶なる神女の愛に飽きて歓楽の洞窟を去らんとするかのタンホイゼルが悲しみを思い浮べ、悄然《しょうぜん》と

して彼の女が寝姿を打眺めき。ああ男ほど罪深きはなし》

しかし、荷風のこのような恋情も反省も一時のことに過ぎない。十一月二十八日、メトロポリタン劇場のタンホイゼルの公演を見た晩、彼は昂奮して次のように言う。

《……ああタンホイゼルの恨み。彼が罪の歓楽より身を脱せんとして脱し得ざる肉と霊との悩みは直にこれ余が身の上の苦悶にあらずや。余はいかにしてイデスを捨つべきか》（傍点筆者）

イデスと荷風の関係は、確かに普通の娼婦と嫖客の間柄ではなかった。はじめの二、三回はイデスは金を受け取っていたが、そのうち荷風にはなるべく金を使わせないようになり、やがて金は他の客から取って、荷風とは休日に商売ヌキで遊ぶようになった。つまり荷風はイデスの「客イロ」というようなものになったわけだろう。

だが、翌明治四十年（一九〇七）、七月二日に突然、銀行本店からの通知で、フランスに出張しリヨン支店の見習雇を命ぜられた。荷風は欣喜雀躍《きんきじゃくやく》、また蒼惶《そうこう》として支度にかかり、早くも翌七月三日には、同月十八日出帆のブルタンユ号の中等切符を購入している。あとの面倒は、イデスとの別離だけである。

《七月九日　イデスと別杯をくむ。此の夜の事記するに忍びず。彼の女は巴里にて同じ浮きたる渡世する女に知るもの二三人もあればいかにもして旅費を才覚しこの冬来らざる中に巴里に渡りそれより里昂《リヨン》に下りて再会すべしという。ああ然れども余の胸中には最早や芸術の功名心以外何物もあらず、イデスが涙ながらの繰言聞くも上の空なり》

以上、イデスに関する事柄はすべて『西遊日誌抄』によった。これを読むと、イデスがお雪のモデルであるかどうかということより、荷風が二十歳代の末期に出会ったイデスとの交情や発展ぶりは、三十年後の大江匡〝わたくし〟とお雪との出会いや成り行きをそのまま捉らえて写しているようにも思われる。つまり、イデスとお雪とは、あくまでも別人であるが、イデスと出会ったときの荷風は、三十年後にお雪の家にかよいつめる〝わたくし〟と同一人物であり、年齢こそ丁度倍ぐらいの差があっても、女と会っているときの挙動や内心の動きは基本的に殆ど変りがない。

勿論、三十前の荷風には結婚の経験もなければ、同棲生活をいとなんだ覚えもない。したがって、イデスを家に納れて箕帚を把らせたらどうなるかなどという心配はしていなかったろう。だが、もし米国に居残って暮らすとすれば、当時の荷風は日本で作家の地位を確立していたわけでもないのだから、イデスの情夫になって彼女のつとめる娼家で下男として働く羽目に陥る可能性は実際上、極て多かったであろう。――そうなればなったで面白い、何も文学や芸術の道で成功するばかりが自分の生る道ではない、とデカダン気取りに言うことは簡単だ。だが、冷静に考え直してみれば、やはりそれは悪夢にも似た怖しい事であったろう。となれば、いかにイデスに泣きつかれ、繰言をいわれようとも、荷風としては馬耳東風に聞き流し、ひたすらフランス行きの決意を固めて、イデスの願いを退ける他なかったわけだ。

ところで、荷風のフランス生活は現実にはどんなものであったか？　これは『あめりか物語』で荷風の滞米生活を想像するように、『ふらんす物語』で彼のフランスでの実体験を推測することは不可能である。『ふらんす物語』は簡単にいえば一種の観光旅行記の如きものであって、『あめりか物語』や『西遊日誌抄』のようには、生活臭や実生活の反映といったものは見られないからだ。『西遊日誌抄』には、明治四十年七月二十七日、ルアーブル港に到着という記述のあと、翌年三月二十八日までの空白な日附の多い粗略な日記が収録されているが、それを見てもニューヨークのときに較べて、明らかに何かヨソヨソしい〝外国人〟としての散漫な生活を荷風は送っていたように思われる。その退屈な孤独な様子は、あれほど残酷に振り切って別れてきたイデスに、何度かかなり長文の手紙を出していることからも分る。

《明治四十一年（一九〇八）正月卅一日　本年に至りて二度ほど手紙出したれど紐育のイデスより返事遂に無し。噫《ああ》イデスはすでに紐育を去りしか》

この日記にある荷風のイデスあての手紙の一通（未投函）は、第二次大戦後に発見されて、どういう経路でか読売新聞の手に渡り、読売はそれをスクープとして大々的に発表して、かなりの評判になったが、その飜訳（原文は英文）の全文をここに再録するのは止めておく。

何にしても荷風は、フランスに渡って以来、孤独に苦しみ、その上リヨンでは銀行業務に倦き果てて、おそらく内部でも評判が悪く、まったく浮き上った存在になっていたのであろう。

《三月五日　この日銀行よりいよいよ解雇の命を受けたり》

と、ぶっきら棒に誌されているが、フランスにはまだ未練はあったとしても、銀行員の生活には、もはやこれ以上堪えられない思いであったのだろう。

《三月廿一日　夜しらじらと明けそめし頃ふと目覚めて夢とも現ともなく身の行末を思う。余は日本に帰るも父を見ることを欲せずいずこに姿をかくすべきか。余が懐中には今些少の金あり再び紐育に帰りてイデスをたずね悪徳不良の生活を再演せんか。余は惑えり苦しめり余は決断すること能わず》

荷風が、そんなことを思い悩んでいる最中に、滞米中に書き溜めた原稿を東京の巌谷小波の木曜会宛に送ってあったものが単行本『あめりか物語』として刊行され、その新鮮な文体と材料の目新しさとが相俟って、センセーショナルな評判を巻き起している旨、報らせが入った。こうなると、もはや荷風はイデスのことなどかまいつけている閑もなく、一路日本に向うことになった。そして『あめりか物語』、『ふらんす物語』の他、『監獄署の裏』、『狐』、『新帰朝者日記』、『すみだ川』などの評判作、問題作を矢継ぎ早に発表し、一躍文壇の寵児となったわけだ。

十四、書けなかった「吉原」

荷風は『濹東綺譚』を書き終ると、引き続いて吉原を舞台に長編小説を書こうとしたらしい。場所も近いし、なりゆきだけを考えても、これは極く当然のことであろう。とくに昭和十二年四月十六日から朝日新聞夕刊に『濹東綺譚』の連載がはじまると、大変な好評を呼んだことは既に述べたが、荷風としてはフランスから帰朝するや、『あめりか物語』『ふらんす物語』などの名作、佳作が続々と出て一躍、反自然主義の希望の星として迎えられて以来、文壇を上げての絶賛を博したことになる。

その年の五月二十七日、《空あかるくしてこまかき雨降る。既に梅雨の如し》という日に荷風は、じつに暫く振りで吉原に出かけている。大門の前に結核予防の幟を横に往来に渡してあるのは、甚だ不体裁だ、と文句を言いながら、成八幡楼という家に登楼している。

《余が妓楼に遊びしは洋行以前のむかしにて、帰朝後一二度亡友（井上）啞々《ああ》子と共に旧遊の跡をたずねしことありしかど、遊里の光景既に昔日の如くならざれば興味少く、殆ど今日に至るまで登楼せしことなかりしなり。此夜妓丁（妓夫、客引）にすすめられて表梯子を登りしは写真を撮影せんがためのみ》

「写真撮影」は、すなわち取材のためであり、この日から吉原を舞台にした新作の調査にかかったわけだろう。その夜上った成八幡楼は料金二時間で二円半、翌朝までなら七円半、とあるから、中程度の家だろう。この成八幡には渡米前にもおそらく何度か来たことがあり、思い出は少からずあるという。《余が敵娼《あいかた》は嶋村抱月の馴染なりき。又啞々子の敵娼は年あけて後岡村柿紅《おかむらしこう》に身をよせたり》というが、当時の人びとが既に残らず他界しているのは、当然といえば当然だろう。

たしかに荷風は、吉原には取材以外に興味はなかったようだ。とはいえ翌二十八日にも荷風は、おそらく薄暮の頃に吉原を訪ね、たぶん写真を二、三枚とって、晩は銀座に食事に出た。《驟雨沛然《しゅううはいぜん》たり》とある。それから中四日おいて、

《六月初二。（略）薄暮銀座に飯し北里に遊び彦太楼に登る。曾て九段上の妓街にて見知りたる女の娼となれるに逢う。其女のはなしをきくに芸妓より娼に転じたる女猶二三人この家に在りと云う。現代の遊廓のことも何やら筆にしたき心地するなり。（略）》

とあって、いよいよ玉の井から吉原へ舞台を移して本格的な小説を書く気構えと見える。一日置いて、

《六月初四。晴れて暑し。（略）燈刻《とうこく》銀座に夕飯を喫し北里に往《ゆ》く。揚屋町の萬字屋に登る。妓に案内せられて屋上に昇る。花壇あり。榻に腰かけて四方を望むに、暗き空の下に燈火点々として尽きず。北には遠く千住の灯の輝くあり。南には近く浅草公園の燈影の半空に映ずるあり。隣楼の蓄音機西洋の音楽を奏す。往年の吉原を思起さしむるものは、廊下を歩む（女郎の）上草履の音のみ。（以下略）》

翌六月五日、荷風は銀座不二アイスで一人夕食をとった。そこでW生という夫婦で閨戯《けいぎ》を演ずる男に出会い、「濹東の遊に随伴せんことを請」われた。そこで荷風はW生をつれて車で久しぶりで玉の井へ行った。ちょうど白鬚明神の祭礼で、大通には提灯が下り、善男善女で混み合っている。荷風は「ぬけられます」の燈の出ている路地を《一周して後北廓に行き江戸一の彦太屋に登る》とある。

一見、何ということもない文章だが、W生は荷風に玉の井へ遊びに連れて行ってくれ、と頼んでいるのである。おもうにこれは、近頃荷風先生は吉原に入り浸って濹東にはふっつり姿を見せない、何とか誘い出して連れてきてくれ、と玉の井の人から頼まれて、W生は荷風に誘いをかけたものではないか。それに対して荷風は、わざとW

生を吉原へ引っ張って行き、彦太屋に一緒に登楼した――。これはじつは私の想像である。ただ、そういう想像をめぐらしたくなるほど、その頃の荷風は濹東には行かず、北廓にばかり足を向けている。この江戸一の彦太屋は、三日前の六月二日に登楼した彦太楼のことで、そのときは以前九段上の花街で見知った芸者がここで女郎になっているのに出会い、そんなことから現代の遊廓のことも書きたくなったようなことを述べていた。

それが今日は、せっかく上った彦太屋も、《ラヂオの洋楽喧《かまびす》しければ、須臾《しゆゆ》にして出でて歩み京二の河内屋に登る》ということになる。その河内屋がどんな家かといえば、《震災後其ままの仮普請にして甚不潔なり》というのである。ただし《然れども娼妓には頗美貌なるものあり。この楼は亡友（井上）啞々子が往年通いつめたるところ》とあるのだが、そんな大昔に美貌だった娼妓が、いまもこの楼にいるものかどうか。とにかく震災後のバラックがそのまま残っているようなこの家は「甚だ不潔」であることは確かだろうが、そこに頗る美人の妓がいる可能性は甚だ少いに違いない。

何にしてもアテがはずれて玉の井では遊んで貰えず、こんなところへ引っ張ってこられたW生には、とんだ災難という他はなく、読者としては同情せざるを得ない。

ところで、河内屋のような古びたバラック建の小格子《こごうし》に頗る美貌の娼妓のいるはずがないと疑ったのは、私の勘繰り過ぎの誤りで、頗る美貌かどうかはさておき、河内屋に荷風の気に入りの娼妓がいたことはたしからしい。というのは翌六月六日の夜にも、荷風はまた河内屋へ出掛けて一と晩泊り、翌朝八時に「おいらんお顔直しです」と、女中が呼びにくるまで、そこにいたからだ。

六月六日、日曜日の夜、十一時過ぎに、荷風は家を出た。江戸見坂下でタクシーを拾い、「仲まで」と言ったが、それが吉原仲之町ということだとは運転手には通じなかった。大門口でその車を下り、近くの洋食屋でハムエッグを注文したが、金二十銭（現価二、三百円か）のハムエッグは悪臭がひどく食えなかった由。京町二丁目の河内屋に上り、昨夜の女を買った。

《其の部屋に入るに八畳敷一室にて次の間はなし。調度箪笥の類皆素人家にて見る物なり。小卓に白き布を敷き表の障子にレースをかけたれば、女給のアッパート住いに行きて見たる心持なり。夜具も市中の小待合にある物と異るなし。積夜具《つみやぐ》の年中行事も今は無きものならん。新内の流し、按摩《あんま》の笛、夜廻の金棒、小格子より聞ゆる時の拍子木、これ等のみわずかにむかしの名残を止めたり。流しの音〆《ねじめ》は銀座の裏通などにて聞くよりもさすが土地だけに冴えたるようなり。大引《おおびけ》過ぎても素見客の行来絶えず、河岸通の店より妓夫の声きこえしが、三時を打ちてよりあたり静になり屋台店にて女の語り合う声耳立ちてきこゆるに表の障子をあけて欄干に凭《もた》れば、短夜は既にあけ放れ向側なる不二屋が二階の灯も消えたり。四時過には早くも朝帰りの人の足音、円タクの響聞ゆ。きぬぎぬと云う語も今はすたれたるなるべし》想えば『濹東綺譚』には、このように娼家の内外を深夜から夜明けまで事細かに叙述したところは無かったようだ。河内屋がどんなに不潔なバラックの仮普請であろうと、やはり吉原は、玉の井にはない風情と落着きがあるのだろうか。

たしかに荷風は一時本気で、吉原を舞台に小説を書こうとしていた。昔、九段上の妓街でなじんでいた女が娼婦として出ている彦太楼には、芸者から娼妓に転じた女が他にも二、三人いると聞き、勃然と創作の意欲の起こるのを覚えたようだ。

しかし吉原では荷風は、妓楼にばかり出掛けていたわけではない。六月二十二日には浄閑寺の墓地に出掛けている。そこは吉原で死んで行った数知れぬ女郎たちの墓があって、俗に「投げ込み寺」の別称があるくらいだ。

日記には、《……朝七時楼を出で京町西河岸裏の路地をあちこちと歩む。起稿の小説中主人公の住宅を定め置かんとてなり》とある。荷風はたとえ架空な人物であろうとも、小説設定の場所に出掛けると、その土地の厳密な検分や調査を怠らない。検分を了えると、《今宵は江戸一の彦太に宿す。北里を描くべき小説の腹案稍《ようや》く成る》と誌して、まるで参謀将校が敵軍の陣地攻略の準備完了と言いたげな口振りである。翌晩も夜十二時に麻布の自宅を出て、昨夜と同じ彦太楼に登楼し、次のように述べている――。《今月（六月）六日の夜より毎夜北里の妓楼に宿するに、今は妓楼が余の寝室の如く、我家はさながら図書館の如く思わるるようになりしもおかし》

荷風は夏の間、天気の好い日は蔵書の曝書《ばくしょ》に忙しかった。そういうことがあるから、「我家はさながら図書館の如く」の言葉に実感がこもるのである。

日本堤を三ノ輪の方に歩いて行くと、大関横丁のバス停留所があり、そばに小さな不動尊の祠《ほこら》があって、香を炊く煙が上っている。掛茶屋の婆さんに、浄閑寺の所在を訊くと、鉄道線路ぞいの道だと教えてくれた。確かにその道を行くと、大谷石の塀を囲《めぐ》らせた浄閑寺があった。大正十二年の震災にもあわず、第二次大戦の空襲も免れたので、いまも健在だ（但、最近不注意の火事で本堂その他が焼けたと聞く）。荷風が参詣した昭和十二年の頃には無論、昔通の姿であった。本堂の左手に、角海老につとめた若紫の墓がある。「若紫塚記」として次のような文がある。

《女子姓は勝田。名はのぶ子。浪華の人。若紫は遊君の号なり。明治三十一年始めて新吉原角海老楼に身を沈む。楼内一の遊妓にて其心も人も優にやさしく全盛双《なら》びなかりしが、不幸にして今とし八月廿四日思わぬ狂客の刃に罹《かか》り、廿二歳を一期とし

て非業の死を遂げたるは、哀れにも亦悼《いた》ましし。そが亡骸を此地に埋む。（以下略）》
このような碑文のあるのは例外で他の大多数は荒廃して、石碑も小さく、戒名も刻《ほ》りの文字の読めなくなったようなものも少くない。おそらく無縁仏になったようなものが多く、いまも遺族が墓参にあらわれるようなことは滅多にあるまい。しかし、こういう朽ち果てた墓こそ最も荷風の情感に訴えかけてくるものであろう。日記の文面につづけて、荷風は次のように述べている。
《……六月以来毎夜吉原にとまり、後朝《きぬぎぬ》のわかれも惜しまず、帰り道にこのあたりの町のさまを見歩くことを怠らざりしが、今日の朝三十年ぶりにて浄閑寺を訪いし時ほど心嬉しき事はなかりき。近隣のさまは変りたれど寺の門と堂宇との震災に焼けざりしはかさねがさね嬉しきかぎりなり。余死するの時、後人もし余が墓など建てんと思わば、この浄閑寺の塋域《えいいき》娼妓の墓乱れ倒れたる間を選びて一片の石を建てよ。石の高さ五尺を超ゆべからず。名は荷風散人墓の五字を以て足れりとすべし。……》
短いものだが、これは荷風の生涯でも屈指の文章とも言えるものではないか。何にしても荷風は心底から吉原に入れ込み、そこに働いた娼妓たちを愛していたことは間違いない。

にも拘らず、「余死するの時」うんぬんの荷風の遺言は後人に守られることなく、その奥津城《おくつき》は浄閑寺塋域から遥かに離れた土地につくられた。更に遺憾なのは一時はあれほど熱心に吉原にかよいながら、ついに『濹東綺譚』のような小説は吉原を舞台に一作も書かれずに了ったことであろう。

しかし、これを以って荷風の気まぐれのせいと考えるのは間違いだろう。文学に限らず、芸術は総て機縁の所産である。いかに熱心になっても善いものが出来るとは限らず、意に沿わぬ文章しか書けぬ時は廃棄する他なかったであろう。

これに関して気になる記事は七月九日の日記に次のような追書がある。この日、荷風は珍しく茶屋送りの大籬《おおまがき》、江戸一の大文字屋に泊った。現代の吉原には珍しく全家平屋建だから、階段を上り下りする音も聞えない。これについて荷風は、《この夜驟雨のため涼味襲うが如く、広き家の中は人なきようにて草履の音もせず、寂々として寺院に在るが如くなれば、覚えず熟睡して夜のあくるをも知らざりき》と述べている。荷風も最初から、こういう家に泊まれば、騒音についての不満はなかったであろう。しかし、それで総てが満足かと言えば、到底そうは思えない。続けて荷風は次のように訴えてもいるのである。

《○吉原の娼妓には床上手なるもの稀なるが如し。余二十歳より二十四歳頃まで芳原のみならず洲崎にも足繁く通いしことあれど、閨中《けいちゅう》の秘戯人を悩殺する者殆絶無と云いてもよきほどなり。之に反して其頃より浅草の矢場銘酒屋の女には秘戯絶妙のもの少からざりき。三四十年の星霜を経たる今日、再びこの里に遊ぶこと既に数十回に及ぶといえども、娼妓には依然として木偶《でく》に均しきもの多し。余がこのたびの曲輪通いは追憶の夢に耽らんためなれば、其他の事は一切捨てて問わざるなり》

「追憶の夢」という言葉は、荷風は『濹東綺譚』の中でもしばしば使っている。そして濹東の娼家が浅草十二階（凌雲閣）下の矢場や銘酒屋あたりから移転してきたことも、よく述べられているとおりだ。荷風が吉原を舞台に『濹東綺譚』のような小説を書けなかった理由は、すでにこれで尽きているであろう。

十五、『秋窓風雨夕』

『濹東綺譚』の末段に、中国の小説『紅楼夢』から引いた『秋窓風雨夕《しゅうそうふううのゆうべ》』の一節が掲げてあることは、以前に述べたとおりだ。いま、それを振り返ってみると、暑かったその年の八月を過ぎ、九月もいつか下旬に入ろうとする頃である。

《四五日過ると季節は彼岸に入った。空模様は俄に変って、南風に追われる暗雲の低く空を行き過る時、大粒の雨は礫を打つように降りそそいでは忽ち歇《や》む。夜を徹して小息《おや》みもなく降りつづくこともあった。わたくしが庭の葉雞頭《はげいとう》は根もとから倒れた。萩の花は葉と共に振り落され、既に実を結んだ秋海棠《しゅうかいどう》の紅い茎は大きな葉を剝がれて、痛ましく色が褪せてしまった。濡れた木の葉と枯枝とに狼藉としている庭のさまを生き残った法師蟬《ほうしぜみ》と蟋蟀《こおろぎ》とが雨の霽《は》れま霽れまに嘆き弔うばかり。

……》

とあって、これに『秋窓風雨夕』がつづくのである。

秋花ハ惨淡トシテ秋草ハ黄ナリ。
耿耿タル秋燈秋夜ハ長シ。
已ニ覚ス秋窓ニ秋ノ不レ尽キザルヲ。
那《イカンゾ》堪《ンヤ》風雨ノ助クルヲ二凄涼ヲ一。
助クルノレ秋ヲ風雨ハ来ルコト何ゾ速ナルヤ。
驚破ス秋窓秋夢ノ緑ナルヲ。

…………

この詩は、『紅楼夢』の第四十五回に出てくるもので、これを詠んだのは黛玉《たいぎょく》、ことし十五の年齢だが、行くゆくはこの賈《か》家の嫁にということで邸内の一棟にくらす娘だ。生来、蒲柳《ほりゅう》の質で、毎年秋になると喉をいためるのだが、この秋は賈家のお祖母さまが殊のほかご機嫌で、たびたび物見遊山にお出かけになる。と、それがまた黛玉の体には精神的にこたえるらしく、いつにも増して激しく嗽《せき》痰が出る。彼女はすでに生母とは死別しており、こんなことでは自分もそう長くは生きられまい、そう考えて「別離に代えて」の意味をこめて作ったのが、この秋窓風雨夕の一編である。

荷風が『濹東綺譚』に引用したのは、その最初の六行だけで、全体の三分の一程度に過ぎない。その全部を荷風自身が和訳したものは、『偏奇館吟草』の中に収められているが、やはり漢詩の和訳はよほど難しいものらしく、とくにこの秋窓風雨夕の場合は、うら若い女が詠んだということになっているため、それを意識し過ぎて平仮名を多用したりすると、延びたうどんのようになり却って詩情を損うことになる。これは私などがクドクドと講釈するまでもなく、荷風自身が《わたくしは毎年同じように、とても出来ぬとは知りながら、（この秋窓風雨夕を）何とかうまく翻訳して見たいと思い煩うのである》と言っているのだから、偏奇館吟草のなかの訳詩を敢えてここに持ち出すのは控えた方がいいだろう。

それにしても黛玉という女が、わが身の行末をはかなんで詠んだ詩が、秋の嵐に草も花も薙ぎ倒され、惨淡として地べたに散り落ちる姿に自身をなぞらえているのは、『濹東綺譚』の末段には打って付けの伴奏譜であろう。黛玉の秋窓風雨夕は、次のようにつづく——。

秋情を抱得《いだい》て眠ることを得ず、
自ら秋屏《しゅうへい》に向って涙燭《るいしゅく》を移す。
涙燭揺揺《ようよう》として短檠《たんけい》に炧《も》え、
情を牽《ひ》き恨《うらみ》を照《てら》して、離情を動《うご》かす。
誰《た》が家の秋院か風の入《いる》こと無《なか》らん。

何《いずれ》の処《ところ》の秋窓か雨声無からん。

（国訳・幸田露伴・平岡龍城《りゅうじょう》）

しかし荷風は、何故かこの部分を打ち切って『濹東綺譚』には採用しなかった。思うに、こうなるとこの詩は、女の悩みや黛玉の悶々の情が正面に出過ぎて、秋の落葉や散花の風情など自然の移り変りの印象が消し飛んでしまうのを惧れたからであろう。荷風は、黛玉の詩に替えて、次のような極く散文的な文章でこの段をシメくくっているのである。

《十月になると例年よりも寒さが早く来た。既に十五夜の晩にも玉の井稲荷の前通の商店に、「皆さん、障子張りかえの時が来ました。サービスに上等の糊を進呈。」とかいた紙が下っていたではないか。最早や素足に古下駄を引摺り帽子もかぶらず夜歩きをする時節ではない。（略）》

荷風は、アメリカ人イデスに因果を含めてフランスに去ったように、また新橋の芸者富松や八重次からも、ていよく女の方から逃げ出すように仕向けて、じつは巧みに彼女らから遠ざかっていった。イデスや、富松、八重次などと違って、玉の井のお雪から逃げ出すのは至極簡単だ。要するにあの「ぬけられます」などと看板を出した迷路の路地奥の家に近づかなければ、それでいいのである。しかし、このように容易に、殆ど自由に逃げられるとなると、却って未練が残るようなところがある。そのへんの心の機微を、荷風は充分に自覚しているから、間違っても焼け棒杙に火のつくようなことにはならぬよう、用心に用心を重ねている。

ところで、何が人間の幸不幸を決める事になるのか、これは分らない。私は昭和二十年、敗戦の年の三月、旅順陸軍病院水師分院という南満洲の僻地で、結核の治療を受けていたが、突然内地還送を命じられた。本来なら自宅に近い東京の病院に送られるはずだが、当時の東京は連日の空襲で治療どころではなく、大阪に止め置かれた。しかし東京の下町が大空襲で十万もの人死にの出ている時、大阪が安全であるわけもない。梅田の駅から病院のある堺市K町までバスで送られたが、沿道はベタ一面が焼野原で、ぶつ切れの電線がバスの屋根を撫でて通る有様だ。

いまやK町は病院というより満洲や中国や南方の各地から送られてくる傷病兵の収容所になっており、ぎゅう詰めで満員のバラックの仮病舎は非常に不潔で、病院にあるまじきことだが寝台はむしろシラミの巣になっていた。そんな所で死ぬくらいなら、東京がどんなに危険でも一日も早く東京へ戻りたいと誰もが念願した。

しかし住めば都というのか、そのK町の病院も、一と月、二た月とたつうちに、次第に住み馴れて、看護婦の関西訛りの声音が耳に軟らかく響く頃には、一種言い難い居心地の良さと、ぬるま湯に似た懐しさを覚えるようになった。

だが何よりも、私がこの病院で有り難かったのは、院内に図書室があって、患者はここで氏名や所属部隊名を書き入れさえすれば、自由に病室まで本の貸し出しを許してくれたことだ。寝台にシラミが住み着いているくらいだから、管理はデタラメであったが、その反面、規則や規律にはあまりウルサいことは言わず、確か或る時、週番士官の要望事項に「離隊、逃亡、自殺の防止」というのがあった。

図書室にあるのは、修養全集とか、偉人伝とか、訓話全書とかいったものが多かったが、文芸書としては岸田国士の『暖流』、山本有三の『真実一路』、菊池寛の『恩讐の彼方に』などに混って、吉川英治の『かんかん虫は唄ふ』があるかと思えば、敵国アメリカのベストセラア『風と共に去りぬ』の古い飜訳本があったりした。だが、その脇に、永井荷風の『濹東綺譚』が並んでいたのは一瞬信じ兼ねるような思いがした。だが、手にとると間違いなくそれは岩波版の『濹東綺譚』だった。こんなものを陸軍病院が図書室のために購入したとは考えられない。おそらく入院中の誰かにあてて、近親者か友人から差し入れられたものでもあったろう。しかし私は、そのことを余り深く考えなかった。何にしてもK町などという見知らぬ土地で、自分がこれまで最も愛読してきた小説を、読めるというのはすでに望外の喜びだった。

たまたまその頃母親からの手紙で、東京の自宅が空襲に遭い、何一つ持ち出す暇もなく炎上して、私の持っていた数少い書籍雑誌の類いまで総て焼けたことを報らされていた。『濹東綺譚』も勿論烏有に帰したはずで、それを思うと自分が現在、その本を陸軍病院の寝台の上で読んでいるという事が、夢のような心持だった。

『濹東綺譚』は第十章の、荷風――この場合は大江匡がお雪をもう一度たずねたところで終っている。

元来、〃わたくし〃がお雪に秋袷《あわ》せを買う金を渡したのは、言外にこれでもうお雪のところへ来るのは止めるというつもりがあってのことだ。しかし、それから四、五日すると、お雪の顔を窓の外からでも見たいという願望が無闇に募って、墨田川を渡ってもう一度その町へ出掛けた。この未練がましさは、荷風としては甚だ例外的な態度だろう。

暗い外の路地から、その家をそっと覗くと、窓の向うにお雪は真正面を見て坐っており、こちらには気がつかない。ただ髪は、一と頃、新型の髷だったのに、もとのつぶし島田に結い上げている。それと隣の窓にはこれまで黒い戸が下りていたのが、いまは明あかと電燈がつき、それが逆光線の黒い影になって丸髷の髪が冥々裏に動くのが分った。新しく来た抱えの妓に違いない。お雪より年も老け、器量も劣るようだ。

その晩は、夜になって風が落ち、蒸し暑さが狭い路地の人混みの中に立籠めた。

〝わたくし〟は広い舗道に抜け出して帰路につこうと、停留所の傍でバスを待ったが、いざとなるとバスには乗る気がせず、見送った。四、五台もやり過ごしただろうか。ポプラ並木の道路を茫然と眺めながら、並木路の向う側の空地でついこの間まで見せ物小屋のスピーカアでがなり立てていたのを、何か遠い昔のことのように思い出していた。

そういえば私も学生の頃に玉の井の空地で、女とも男ともつかぬ人間が、鼻の穴から蛇を入れて口から出すという、なんとも暑苦しい芸当を見物した覚えがある。秋口になると、そんな見せ物も他に移って行くのであろう。

――こんなことなら、いっそお雪に会ってハッキリと自分の気持を打ち割って話して見てはどうか。すでに肉体的に衰えた自分にはもうそっちの慾望はない、ただ自分は散歩をするにも古い仲間はなし、訪ねる相手は殆ど皆、死んでしまった。待合や小料理屋なんかで芸者を呼んだって、昔の名妓が今じゃ、芸術院がどうのこうのと、そんな話ばかりで気楽な相手にはなりやしない。だから、おれが遊びに来たら、面倒でも暫くこの爺さんと茶飲み話をさせてくれないか、そう頼んだら案外分ってくれるかもしれない……。

《「さア、お上んなさい。」とお雪は来る筈の人が来たという心持を、其様子と調子と

に現したが、いつものように下の茶の間には通さず、先に立って梯子を上るので、わたくしも様子を察して、

「親方が居るのか。」

「ええ。おかみさんも一緒……。」

「新奇のが来たね。」（中略）

「暫く独りでいたら、大勢だと全くうるさいわね。」急に思出したらしく、

「この間はありがとう。」

「好《い》いのがあったか。」

「ええ。明日あたり出来てくる筈よ。伊達締も一本買ったわ。これはもうこんなだもの。後で下へ行って持ってくるわ。」

お雪は下へ降りて茶を運んで来た。姑《しばら》く窓に腰をかけて何ともつかぬ話をしていたが、主人《あるじ》夫婦は帰りそうな様子もない。その中梯子の降口《おりくち》につけた呼鈴が鳴る。馴染の客が来た知らせである。……》

そんな具合に、いままでお雪が一人でいた時とは家の様子が全然違って長居の出来る空気ではないので、〝わたくし〟は考えていたことは何も言わず、三十分ほどで家を出た。そして、その後は連日台風気味の気候となった。

《濹東綺譚はここに筆を擱《お》くべきであろう》と、永井荷風は小説の末尾にそう述べている。《然《しか》しながら若しここに古風な小説的結末をつけようと欲するならば、半年或は一年の後、わたくしが偶然思いがけない処で、既に素人になっているお雪に廻《めぐ》り逢う一節を書添えればよいであろう。猶又、この偶然の邂逅をして更に感傷的ならしめようと思ったなら（中略）、楓葉荻花《ふうようてきか》秋は瑟々《しつしつ》たる刀禰《とね》河あたりの渡船で摺れちがう処などは、殊に妙であろう》

蕭々たる荷風の筆致は、このへんでまさに哀感の絶頂をきわめた如くに思われる……。私は自分が一兵卒として陸軍病院に在り、結核の療養中、このような文章に接した喜びに殆ど何も彼も忘れそうになっていた。だが、ふと窓の外を見ると、隣り合う病棟との合間に、直径七、八十センチもあろうかと思われる、不気味なほど巨大なヒマワリの花が生きもののような太い茎を下に向けて咲いているのが目についた。

「よう精が出るこっちゃなア」

病兵の一人が防空壕の屋根の上から、ヒマワリの根元に水をやっている看護婦に声をかけた。

「あんた、そんなこと言うヒマがあるのやったら、ちょっとわてらの仕事、手伝《てつど》うてくれたらええのとちがう」

「いやア、ぼくらかて、ただグウタラしてるわけやない。目下、療養命じられて、いっしょ懸命ボウッとしてるところや」

「何が一所懸命でボッとしてるんやて、よう言わんわ、ほんまに」

しかし、この男が実際は腸結核で後せいぜい二、三箇月の命だということは、病棟中の者が誰からともなく聞かされていたことだし、またこの看護婦もこの兵隊のことを何くれとなく面倒を見ているのは、周囲の誰もが良く知っている。それにしても当時、この病院でやっていた腸結核の手当というのは、じつに情ないほど簡単なものだ。腸に結核菌がまわると、腹が丸く膨らんでくる。すると看護婦が朝夕二回、その膨らんだ腹の臍のまわりに筆でハッカ水を塗る、それだけで他に特別なことは何もしない。そして時が来ると、患者は確実に死んで行く。

それと『濹東綺譚』とにどういう関係があるのか？　じつは何の関係もない。ただ、K町の陸軍病院で『濹東綺譚』を私が読んでいたとき、傍に腸結核の患者がいたというまでのことだ。そして私は、間もなくK町から金沢の陸軍病院に転院になり、半月かそこらのうちに、堺の大空襲でK町の病院も丸焼けになったという。そこから先きの話は全く知らない。おそらく図書室にあった『濹東綺譚』も焼失したに違いない。『濹東綺譚』の主人公大江匡が、お雪に秋袷せを買う金を渡したとき、

「あなた。ほんと」

と、無邪気に喜ぶお雪の顔を、永く忘れないようにとジッと見詰めながら、戸を叩く音と同時に主人の声が聞えて、〝わたくし〟は立ち上り、主人と入れ違えに外に出る。

路地を出て、伏見稲荷の前までくると、真向からイキナリ突風が吹きつけて、大江の頭髪はバサリと乱れた。その瞬間、頭に手をやって、初めて帽子のないのに苦笑する。ふだん外出の時には帽子をかぶりつけている〝わたくし〟は、この町に来るときに限って、町の人たちと同じ風体に身をやつすように、無帽に下駄ばきという恰好をしてきたのを忘れていたのだ。風に吹かれると、習慣的に頭に手をやり無帽に気づいて一瞬、ドキリとしながら苦笑を洩らす。

何でもないことのようであっても、人生の転換期に差しかかった人の危うさを、ふと感じさせられる場面である。

何度も言うように、季節の変り目がこの小説の主題であり、人の生別死別に匹敵する程ドラマの激しさを感じさせるものが其処にある。《楓葉荻花秋は瑟々たる刀禰河の渡船》とは言わば常套句に類する一句かもしれない。それが胸に深く刺さって感じられるのも、そこに季節が適確に摑えられて、われわれの心に直接響いてくるものがあるためであろう。

これ以上に何か附け加えるべき言葉があるか、私は知らない。

十六、『作後贅言』――一年の好景君記取セヨ

『作後贅言《ぜいげん》』は、『濹東綺譚』の附録のようなかたちで出ていることが多い。岩波版の単行本『濹東綺譚』もそうなっていたし、それは元来あとがきとして書かれたような印象を私なども受けていた。しかし、実はこれは最初『万茶亭《ばんさてい》の夕』として昭和十二年一月号の雑誌中央公論に発表されたもので、それは『濹東綺譚』が東京朝日新聞に連載の始まるより半年近く前のことである。つまり『贅言』は作後でなくて作前に公表されたことになる。勿論こんなことはどうでもいい。ただ、この小説が発表されるについて、新聞社内でいろいろ悶着のあったことを窺わせる事情が、ここにもあるというだけのことだ。

日記によれば、草稿のときには作後贅言ではなく『濹東余譚』となっていたらしい。いずれにしても、それは四〇〇字詰原稿用紙で四〇枚ばかりもある。普通あとがきといえば、四、五枚から精々で十枚程度のものであろう。要するに『濹東綺譚』は一〇

○枚ほどの中編で、これだけでは一冊の本にするには枚数が足りない。それであとがきを成るべく多くしてくれと、岩波書店からでも頼まれたものであろう。だから、作後贅言とか濹東余譚とかいろいろに言っても、内容はつまり長編の埋め草に違いない。だが、もしこれを独立の随筆と考えれば『万茶亭の夕』とするのが最もふさわしいと私は思う。

とはいうものの、その『万茶亭』が銀座のどのへんにあったか、はっきりしたことを私は知らない。ただ荷風の文中、《万茶亭と隣接したラインゴルト、向側のサイセリヤ、スカール、オデッサなどという酒場……》とある一行を読むと、それらは名前だけでも私にも見覚えのある酒場であり、そういう酒亭と隣接しているとすれば、万茶亭はおそらく元電通のとおりの西銀座にあったのだろうか。そう考えると、私にとってもその辺は懐しいものに思われた。なかでもラインゴルトというのは、戸口に大きなビア樽を縦割にしたのがドアとして使われており、ドイツ人らしい客が、そこから出入りしていた。中で最も有名なのはリヒハルト・ゾルゲといってナチ党員としてドイツ大使館に勤めながら、コミンテルンのスパイであり、のちに太平洋戦争前後の頃に、元朝日新聞上海特派員尾崎秀実《ほつみ》などと共に逮捕された。

そういえば、このスパイ事件の報道される少し前の頃、私は偶然あのビア樽の扉からドイツ人らしい一行が微醺《びくん》をおびて出てくるのに出会った。彼等の一人は赤い顔をして並木のプラタナスの幹を撫でていたが、やがて他の連中と一緒に、並木の道を、民謡か何かをリズムを取って口ずさみながら、歩み去った。外人の酔払いは、アメリカ占領軍のGIがやってくるまでは殆ど見掛けたこともなく、珍しい光景だったから、私ははっきり記憶している。

万茶亭は、私が銀座をふらつき歩くようになる前に店を閉めたのであろう。だから万茶亭の外の並木の下に椅子やテーブルを持ち出し、そのテーブルで荷風が相棒の帚《そう》葉《よう》老人とタバコの箱の裏にあの迷路《ラビラント》の街の地図を描きながら、そこに働く女たちの噂話でもしているとき、傍をあのラインゴルトから出てきたドイツ人たちが通りかかったりする様を想像すると、私は映画の中の登場人物に出会わしたような他愛ない昂奮をおぼえたりするのである。しかし、荷風が帚葉翁と親しく付き合ったのは、ゾルゲが上海からやってきて活躍を開始した頃とは、ほんの少し時期がズレていたようだ。

≪……銀座通の裏表に処を択ばず蔓衍《まんえん》したカフェーが最も繁昌し、又最も淫卑《いんび》に流れたのは、今日から回顧すると、この年昭和七年の夏から翌年にかけてのことであった。いずこのカフェーでも女給を二三人店口に立たせて通行の人を呼び込ませる。裏通のバアに働いている女達は必ず二人ずつ一組になって、表通を歩み、散歩の人の袖を引いたり目まぜで誘ったりする。商店の飾付を見る振りをして立留り、男一人の客と見れば呼びかけて寄添い、一緒にお茶を飲みに行こうと云う怪し気な女もあった。……》

こんな具合いに銀座の街が淫卑に流れ出した時に、《帚葉翁が古帽子をかぶり日光下駄をはいて毎夜かかさず尾張町の三越前に立ち現れた》と荷風は述べているのである。

昭和七年から翌年夏にかけてといえば、満洲事変、上海事変、それに五・一五事件と、血腥《ちなまぐさ》い事件が重り合って起り、軍人と右翼が横行して左翼は鳴りをひそめて、世の中はエロ・グロ・ナンセンス時代と呼ばれた頃である。そんな時代に、荷風は神代《じろ》帚葉（種亮《たねすけ》）と交遊を深め、帚葉翁から濹東迷路街《ラビラント》の地理や女の噂や警官の動向《こう》といった情報をあつめて聞きこみ、次第に散歩の足を銀座から濹東に移して、昭和一と桁の末から翌十年、十一年にかかる頃には専ら川向うの迷路の町に身をのめりこませるといった状態になる。そして、その翌昭和十二年七月には北支に戦火が勃発する。これは先きの満洲事変などと違って、本格的に近代の総力戦の様相を見せてくるのである。

無論そうなっても濹東の燈が消えたわけではなく、却ってドブ川の臭いとヤブ蚊とに囲まれた迷路街は活気が出て景気づき、おまけに町全体が何やら格の上ったように見えはじめてきた。これは一つには荷風の『濹東綺譚』が新聞で評判を呼んだせいもあったであろう。しかし何よりも、戦争景気がこの町を活気づけたに違いない。軍需産業は大企業は言うに及ばず、小さな町工場までがフル廻転で活動しはじめた。そのため玉の井あたりでも、年端も行かない町の職工さんが窓に顔をつらねた女たちに、百円紙幣で札びらを切ったりすると、評判が立ったりしはじめた。こうなると荷風は一時、濹東から吉原に河岸をかえて、玉の井には滅多に近寄らなくなったことは、前にも述べたとおりだ。

しかし浅草には、昔通りによくかよって、オペラ館など六区のレヴュー劇場にも度たび顔を見せる。以前はあれほど嫌っていた映画館にも、踊子に誘われると付き合って一緒に見に行くようになり、ショパンの伝記映画『別れの曲』では久し振りに聞くフランス語のセリフに感動して暗い坐席の隅で、秘かに暗涙を拭ったりもする。

しかし、玉の井へはもう行かなくなったようだ。たまに散歩に出掛けることはあっても、それは散歩だけで、女のいる家には上った気配がない。外出のときに出向くのは銀座が多く、食事は金兵衛、洋食は不二アイス、喫茶はきゅぺるなど、そのどこか知らに殆ど毎晩のように出掛け、常連の顔触れとの雑談を愉しんでいる。但し、あの帚葉翁はだいぶ前に亡くなって、神代氏の名前は日記にも見当らない。この頃になると、銀座にカフェーというものはなくなったのか、その話題は全くないし、バアの女給のことなども出てこないようだ。

ところで、リヒハルト・ゾルゲの名前を私たちが記憶しているのは、昭和十六年の夏、日本軍が関東軍特別大演習の名目で七十万の兵力をいったん満洲に集結させた後、そっくりそのまま南方へ移動させた、それを知ったゾルゲは「これは日本が対ソ作戦を対米英戦に切り換えたもの」と判断して、その旨をスターリンに通報したということがあるためだ――。

つまり、これが先きに述べたゾルゲと尾崎秀実の「コミンテルン・スパイ事件」といわれるものだが、無論当時の私たちはそんなことは全く知らなかった。それが新聞に出たのは、たしか昭和十七年になってからだが、新聞を見てもそれだけでは、一体どういうことなのか、私などには甚だ飲み込みにくいことだった。

ただ、ゾルゲの事件が起る遥か以前から、ソ連がらみのスパイ事件として、あらぬ噂がときどきモットモらしく口伝てに伝わってはいた。例えば、荷風の日記、昭和十六年九月三日には、

《晴。日米開戦の噂しきりなり。新聞紙上の雑説殊に陸軍情報局とやらの暴論の如き

馬鹿馬鹿しくて読むに堪えず》
翌々、九月五日には、
《玉の井広小路に鑵詰問屋あり。市中にはなき野菜の鑵詰など此店に有り。小豆黒豆の壜詰もあり》
と、珍らしくも玉の井のことが出ている。
その翌、九月六日には、
《街頭の流言に過般内閣総辞職の事ありし其原因は松岡外相の魯国于役《ろうえき》の際随行せしものの中に間諜《かんちょう》ありしがためなりと云う》
とあって、すわこそと思ったが、ゾルゲに触れたことは何も出ていない。但、この年七月、第二次近衛内閣の総辞職は、近衛と松岡の間に意見の不一致があり、近衛は松岡を辞任させるために一旦総辞職のかたちをとったというのは、いまでは誰もが知っている通りだ。ただ松岡の随行者にソ連のスパイがいたとは誰も言わない。おそらくデマか、単なる誤聞であろう。
ところで『作後贅言』はその冒頭に、
《向島寺島町に在る遊里の見聞記をつくって、わたくしは之を濹東綺譚と命名した》
としながら、「濹」の字は林述斎が墨田川を言い現すために、みずから思うままに作ったものであり、その詩集に『濹上漁謡』(文化年間) と題したものがある、と述べている。

これを読むまで私は、濹東、の文字が誰かの濫作だなどとは、疑ったこともなかった。考えてみれば「濹」というような都合のいい文字が元来の漢字にあるわけもなかろう。以前にも述べたように、私は昭和十五年、満二十歳のとしに初めてこれを読んだ。当時の私には濹を疑うだけの知識もなければ、漢字についての鑑賞力なぞは尚更になかった。そして、濹東綺譚、という四つの文字が如何にも坐りが好く、口調も落ち着きがあって、舌触りの良いものに思われたものだ。――『濹東綺譚』を『雨瀟瀟』と並んで荷風の最高傑作と称えたのは佐藤春夫である。そして私は、隅々までこれに同意をおぼえた。

昭和十五年は皇紀二千六百年とも言われた。そして二六〇〇の年はいわば日本人にとっての世紀末に当るわけだ。無論、当時そんなことを言い出す者はなかったのだが、思い返すと対米戦争を翌年に控えて、あの頃の日本はやはり一種世紀末的気分に浸されていたのではなかったか。私自身、それを口にするほどの元気もなかったが、満二十歳の徴兵適齢期のせいもあって充分絶望的な気分で毎日を送っていた。いや、徴兵などといっても、それがどんな気分のものか、現代の青少年どころか、中年過ぎの大人にも通じるわけもない。まあ、湾岸戦争のときの切迫したヤケッパチな気分が、二六時中ぶっとおしで三百六十五日つづいたといえば、いくらかはわかって貰えるだろうか。私には徴兵忌避のようなことは考えられなかったからだ——。どっちみち兵隊には行かなくてはならない。ただ、何もこんな時代に適齢期を迎えなくとも、もう少し当り前な平和な時代の軍隊に、行かせて貰いたかったというのが、私のせめてもの願いであった。

そんなとき、私にとって唯一の慰めになるのは『濹東綺譚』や『雨瀟瀟』のような小説を、いまはまだ存分に読めるということだった。いや『雨瀟瀟』の方は私には少々手強くて、愉しみに読めるというものではなかったが、『濹東綺譚』ならば本当に気をやすんじて愛読することが出来た。こんな時代に、こんな本にめぐり合えたのは、自分にとって何たる仕合せなことか——と私は本のページをめくりながらかんがえたものだ。

《濹東綺譚はここに筆を擱くべきであろう。然しながら若しここに古風な小説的結末をつけようと欲するならば、半年或は一年の後、わたくしが偶然（略）お雪に廻り逢う一節を書添えればよいであろう》

と、荷風は小説の末尾にこう述べているのだが、哀調をおびてなお更に健気さもあるこのリズムを、『作後贅言』にもそのまま引き嗣いで、つぎのような言葉でしめくくっている。

《……いよいよ「一年ノ好景君記取セヨ」と東坡《とうば》の言ったような小春の好時節になったのである。今まで、どうかすると、一筋二筋と糸のように残って聞えた虫の音も全く絶えてしまった。……》

私はこの末段の《「一年ノ好景君記取セヨ」と東坡の言ったような小春の好時節になったのである》という一行を読むと、そのさりげないような字句に、なぜか感奮興起せざるを得ない思いにさせられる。

そこに描かれたのは、秋から初冬にかかる季節の移り変りに過ぎない。しかし、この毎年繰り返される季節の変化をつうじて、主人公というより、作者自身の胸のうちにある想いが、無言のままにハッキリと読みとられるのである。それはカラリと晴れ上った晩秋初冬の日射しのように、あかるく明晰な心境であろう。そして荷風は、その想いを次のように書きついで、この稿を了えている。

《……花の散るが如く、葉の落るが如く、わたくしには親しかった彼の人々は一人一人相ついで逝ってしまった。わたくしも亦彼の人々と同じように、その後を追うべき時の既に甚しくおそくない事を知っている。晴れわたった今日の天気に、わたく

しはかの人々の墓を掃いに行こう。落葉はわたくしの庭と同じように、かの人々の墓をも埋めつくしているのであろう》

余計なことを言い足すならば、私はこの結語を荷風の遺した最期の名文ではあるまいかと思う、そして一人おもわずその文言を口ずさんでしまったりする者だ。

水の流れ——永井荷風文学紀行

一

私は、学生時代に一度、永井荷風とおぼしい人に出会ったことがある。あれは昭和十七年（一九四二年）、夏の終わりか秋のはじめの頃だった。神田の古本屋の店先に立っていたら、私の隣に背のスラリとした老人が一人、雨傘を片手に、ネズミ色のセビロをきて、ショー・ウインドーを覗きこんでいる。その面長な横顔を、何処かで見たことがあるな、と思いながらハッとした。――何だ、これは永井荷風じゃないか。いまと違って当時は、テレビや週刊誌で文士が俳優なみにクスリやコーヒーの宣伝広告をつとめたりすることなどなかったし、荷風の顔だって私は二、三の単行本の口絵写真で見たことがあるきりだったが、その老紳士は顔立ちだけではなく、物腰態度が何となく荷風の文章を想わせるところがあったのだ。私は、その人の後ろにまわって、背中ごしに書店のショー・ウインドーを覗いてみた。それは、三枚続きの木版錦絵で、オランダ人の医師が寝台を囲んで人体解剖をやっている図であった。これもいかにも荷風好みのものに思われた――。といっても私は、それ以上、この老人のあとをつけたり、声をかけたりしたわけではないので、果たしてこれが本当に荷風であったかどうかは知るよしもない。ただ、あとで仲間の友人たちにこの話をすると、それはきっと荷風だろう、そうにちがいない、ということになった。

その頃、私たちは荷風に熱中していた。いや、これは私たちだけではない。当時、荷風は何も発表しておらず、事実上執筆禁止のような状態であったが、『濹東綺譚』の私家版や『ふらんす物語』の初版は古本として伝説的な高値を呼んでいたし、岩波版の『濹東綺譚』もまだ版を重ねて出ている頃から初版本はまるで稀覯《きこう》本のようになっていた。野口冨士男氏の『わが荷風』によれば、岩波文庫の重版だけでも、昭和十五年七月には訳詩集『珊瑚集』二千部、短篇集『雪解』が二千部、同年八月には『おかめ笹』三千部、『腕くらべ』三千部、十月には『腕くらべ』五千部、『おかめ笹』八千部、『雪解』六千部。そして翌十六年の二月には、また『雪解』が六千部、三月には『珊瑚集』が六千部、七月には『腕くらべ』が七千五百部、といった状態である。同じ頃、中央公論社、弘文堂、岩波書店の三社から個人全集出版の申し込みもうけている。これなどにも、当時の永井荷風の人気が異常なほど高かったことがわかるだろう。

この荷風の人気は、逆にその頃の私たちの生活がいかに味けなく、言論思想統制下の小説だの戯曲だのがいかにツマラないものだったかを示している。昭和十九年九月二十日の荷風の日記には、こんなことが書いてある。

……三時過岩波書店編輯局員佐藤佐太郎氏来り軍部よりの注文あり岩波文庫中数種の重版をなすにつき拙著腕くらべ五千部印行の承諾を得たしと言ふ。政府は今年の春より歌舞伎芝居と花柳界の営業を禁止しながら半年を出でずして花柳小説と銘を打ちたる拙著の重版をなさしめこれを出征軍の兵士に贈ることを許可す。何等の滑稽ぞや。

昭和十九年二月といえば、学生だった私が東部六部隊に入営する直前のことだが、その頃になると、もう岩波文庫もなかなか買えず、勉強家の学生は配給の米とカントの『純粋理性批判』を物々交換で手に入れたりしていた。そんな時期に、軍部の要請で『腕くらべ』が出ていたというのは、まったく《何等の滑稽ぞや》であるが、おそらく特攻隊員の慰問袋にでも入れてくばったのだろうか。勿論、私たち一般国民はこんなことは知らされていなかった。ただ、荷風に関する風評やうわさはその頃でもいろんなところから聞こえてきた。たとえば荷風はヤミ物資に興味を持って、米や砂糖や衣類などのヤミ値を克明にしらべているとか、目下、大へんな勢いで長篇や中篇を執筆したが、その原稿は皆、発表の時期がくるまでフランス大使館の金庫の中にあずけてあるそうだ、とか……。

いまになってみると、こうしたうわさの大半は単なる風評ではなくて、少なからず根拠のあるものであったことがわかる。ヤミ物資に興味を持ったのは、当時の庶民一般、誰しも当然のことであるが、発表のアテもないのに『浮沈』『踊子』『来訪者』『問はずがたり』『勲章』等々の力作をつぎつぎと書きつづけていたというのは本当だったし、その原稿をフランス大使館にあずけていたというのは誤伝だとしても、荷風が自分の遺産をフランスの芸術院に寄付したいといっていたことは日記にも出ている。いずれにしても、文士の大半が、国民服にゲートルを巻き、なかには軍刀まで吊ったりする人もいて、軍部に迎合した嘘っぱちの戦記や、毒にもクスリにもならない銃後の愛国物語を書きながら、じつに意気消沈していた時代に、永井荷風のこうした姿勢は、うわさに聞いただけでも私たちを感奮興起させるものがあったわけだ。

荷風の人気が、こういう戦時中の反時代的な姿勢だけにささえられていたというわけでは勿論ない。しかし戦後の一時期、荷風の名前が世間一般にひろまり、ほとんど名物男のようになった一つの理由は、やはり戦時中の荷風の態度が、ようやく戦後の〝民主主義〟の社会で公認され、かえって美徳のようにたたえられるにいたったからでもあろう。その最もいちじるしい例として、荷風が大逆事件に憤慨して江戸戯作者流の花柳小説を書くことになったという説が、こと新しく取り上げられ、あたかも荷風が抵抗の作家であったかのように持ち上げられたりしたことがあげられる。たしかに荷風には社会的関心があって、たとえば同じ傾向の作家のようにいわれている谷崎潤一郎や徳田秋声などが、最初から自分自身の世界だけしか問題にしていないのと較べると、眼を自分の外側に向けて、しばしば為政者や権力者をからかったり、ときにはハッキリと敵対心を表明したりもしているが、しかし、だからといって荷風は、べつに戦後のいわゆる〝民主主義文学〟の作家ではなく、大逆事件の被告の思想に共鳴していたわけでもないだろう。そのへんを石川淳氏は最も鋭く指摘して、『敗荷落日』のなかで、次のようにいっている。

……随筆家のもう一つの条件、食ふにこまらぬといふ保証のはうは、荷風は終生これをうしなはず、またうしなふまいとすることに勤勉のやうであつた。ところで、この保証とはなにか。生活上避けがたい出費にいつでも応ずることができるだけの元金。それを保有するといふことになるだらう。すなはち、rentier（金利生活者）の生活である。財産の利子で食ふ。戦前の荷風は幸運なランティエであつた。（中略）ランティエの人生に処する態度は、その基本に於て、元金には手をつけないという監戒からはじまる。一定の利子の効力に依つてまかなはれるべき生活。元金がへこまないかぎり、ランティエの身柄は生活のワクの中に一応は安全であり、行動はまたそこに一応は自由であり、ワクの外にむかつてする発言はときに気のきいた批評ですらありえた。（中略）戦中の荷風は堅く自分の生活のワクを守ることに依つて、すなはちランティエの本分をつらぬくことに於て、よく荷風なりに抵抗の姿勢をとりつづけることができた。ランティエ荷風の生活上の抵抗は、他の何の役にも立たなかつたにせよ、すくなくとも荷風文学をして災禍の時間に堪へさせ、これを戦後に発現させるためには十分な効果を示してゐる。

戦前の荷風は《幸運なランティエ》であったことは、荷風自身、否定はすまい。『小説作法』（大正九年・一九二〇年）という戯文のなかで次のように述べている。

一　読書は閑暇なくては出来ず況《いわん》や思索空想又観察に於てをやされば小説家たらんとするものはまづおのれが天分の有無のみならず又その身の境遇をも併せ顧《かえりみ》ねばならぬなり行く〳〵は親兄弟をも養はねばならぬやうなる不仕合の人は縦へ天才あ

りと自信するも断じて専門の小説家などにならんと思ふこと勿れ小説は卑しみてこれを見れば遊戯雑技にも似たるもの天性文才あらば副業となしても亦文名をなすの期なしとせず……

こんど私は、荷風が昭和二十年三月十日、空襲で焼け出されるまで住んでいた麻布市兵衛町の偏奇館あとと思われる場所に行ってみた。現在は町名や番地も変わっているうえに、私自身、生来の地理オンチときているので、なかなかそれらしい場所も探し出せなかったが、どうやらほぼこのあたりという土地をさぐり当てることが出来た。『濹東綺譚』に《梅雨があけて暑中になると、近隣の家の戸障子が一斉に明け放されるせいでもあるか、他の時節には聞えなかつた物音が俄に耳立つてきこえて来る。物音の中で最もわたくしを苦しめるものは、板塀一枚を隔てた隣家のラディオである》などとあるのを見て、私は何となく昔の電車通りからちょっと引っこんだあたりの、そんなに大きくはない家を想像したのであるが、これが間違いのもとであった。偏奇館は、アメリカ大使館、スペイン大使館、ホテル・オークラなどにつらなる高台にあって、現在は農林省の官舎（?）か何かの鉄筋コンクリートのアパートが幾棟も建っている、かなり広い敷地を占めていた模様である。とても《板塀一枚を隔てた隣家》

のラジオがうるさくて仕事が出来ないというような環境であったとは思えない（もっとも戦前の原始的なラジオは雑音が多くて聞きとりにくく、どの家も大抵ヴォリュームを一杯に上げて鳴らしっ放しにしていたから、ずいぶん遠くまで聞こえたには違いないのだが――）。

日記によれば、荷風の隣の家にはフロイドルスペルゲル氏が住んでおり、荷風の家と一緒に焼けている。火は崖下のほうから飛んできて、まずフロイドルスペルゲル氏の家を焼き、それが荷風の偏奇館に燃えうつったようである。

……余は五六歩横町に進入《はい》りしが洋人の家の樫の木と余が庭の椎の大木炎々として燃上り黒烟風に渦巻き吹つけ来るに辟易し、近づきて家屋の焼け倒るゝを見定ること能はず、唯火焔の更に一段烈しく空に上るを見たるのみ、是偏奇館楼上少からぬ蔵書の一時に燃るがためと知られたり、……

とあって、猛火のありさまは、まさに眼に見えるようであるが、荷風の住居が隣家のラジオに悩まされるような町なかの陋屋でなかったことは、この一文からも察せられるだろう。

私は、あたりを眺めまわして、敷地の一方の金網の柵に立って枝葉を切り落とされた一本の大きな枯れ木があるのを見つけた。無論、これが日記にしるされた椎の大木であるかどうかは、わからない。幹の一番太いところは、私が両手をまわしてようやく抱え切れるほどの大きさで、この木が生きていた頃には、さぞ鬱蒼たるおもむきをていしていたことであろう。しかし、太い枝を中途から切断されて黒い幹だけになったその木は、遠くから眺めると、まるで人間が黒焦げになったまま立ちはだかったように見える。なおよく見ると、二股になった太い枝の分かれ目に一箇所だけ、細い枝がたくさん鳥の巣のようにむらがって生きている。してみると、この巨木はまだ死に切ってはいないわけであろうか。……いずれにしても、三十年前の空襲に耐え、排気ガスにまかれながら、同じ場所になお立ちつづけている樹木というのは、単なる植物というよりは亡びた時代を象徴する一個の執念のように思われる。

しかし、荷風自身はこの家に、それほどの執着も未練ものこしてはいなかったようだ。罹災当日の日記には、

……嗚呼余は着のみ着のまゝ家も蔵書もなき身とはなれるなり、余は偏奇館に隠棲し文筆に親しみしこと数れば二十六年の久しきに及べるなり、されどこの二三年老

の迫るにつれて日ゝ掃塵掃庭の労苦に堪えやらぬ心地するに到しが、戦争のため下女下男の雇はるゝ者なく、園丁は来らず、過日雪のふり積りし朝などこれを掃く人なきに困り果てし次第なれば、寧《むしろ》一思《ひとおもい》に蔵書を売払ひ身軽になりアパートの一室に死を待つにしかずと思ふ事もあるやうになり居たりしなり、昨夜火に遭ひて無一物となりしは却て老後安心の基なるや亦知るべからず、されど三十余年前欧米にて購ひし詩集小説座右の書巻今や再びこれを手にすること能はざるを思へば愛惜の情如何ともなしがたし、……

とあって、蔵書以外には焼けたものに未練がないというのは、必ずしも負け惜しみとは思われない。石川淳氏のいわれるように、たしかに荷風はランティエであったであろう。しかし、そのランティエの生活にも荷風は倦んでいたに違いない。石川氏は、晩年の荷風が現金通帳をつめたボストン・バッグを《「守本尊」》と称してつねに手放さなかったことを憐み、そのボストン・バッグの中には、《とうに無効になつたランティエの夢がうつかりまぎれこんでいた》として、《戦後の荷風はまさに窮民といふことになるだらう。「守本尊」は枕もとに置いたまま、当人は古畳の上にもだえながら死ぬ。陋巷に窮死。貯金通帳の数字の魔に今日どれほどの実力があらうと無からうと、窮死であることには変りがない。当人の宿願が叶つたといふか。じつは、このやうな死に方こそ、荷風がもつとも恐怖してゐたものではなかつたか》（傍点は筆者）といっている。

石川氏のいわれたことは卓説であって、私はあえて異をとなえる心算はない。たしかに荷風は、陋巷に窮死することを最も怖れていたであろう。しかし同時に荷風は、そのような死を念願としていたとは言えないまでも、みずからに課していたとは言えるのではないか……。《唯火焔の更に一段烈しく空に上るを見たるのみ、是偏奇館楼上少からぬ蔵書の一時に燃るがためと知られたり》という一句は、荷風罹災の日録のなかでも、とくにその頂点と称すべきところであろうが、これは単に荷風が書籍を惜しんでいるものとは思えない。荷風が愛惜しているのは、まさに《三十余年前欧米にて購ひし詩集小説座右の書巻》なのであって、書籍そのものではない。荷風が失ったのは、書籍というより過去の知識の蓄積を語る何かであり、それはたとえ同じ内容の書籍を買い戻したとしても、再び手に入れることの出来ない或るものであろう。

人は書籍を読んで、頭で理解するだけではない、生活感情全体で理解するのである。とくに文芸書はそうだろう。そして過去に自分の読んだ本は、その中に過去の生活感情が封じこめられている。要するに、荷風は《偏奇館楼上少からぬ蔵書》が一時に燃え上がるのを眺めながら、自分の過去のランティエとしての生活が灰になって崩れ落ちるのを認めたに違いない。いや、罹災する以前から、時代はすでに荷風にランティエの生活を許さなくなっており、偏奇館の炎上はいわばそのトドメを刺したものといえよう。したがって、それ以後の荷風の人生は、まったくの余剰であり、偏奇館をふくめた三度の罹災も、敗戦後の漂泊の生活を日記にしるすためにのみあったといっても、それほどの言い過ぎではないだろう。

二

前にも述べたように、荷風は決して自分がランティエであることを否定してはいない。しかし、或る意味で時代の趨勢に敏感だった荷風は、ランティエの命運がそう長くは続かないことを、よく察知していたと思われる。そしてランティエ以外に自分の生きようがないことも充分承知していた。というより自分の生き方をかえる意志はまったくなかったはずである。これは必ずしも、荷風の性格が怠惰でカタクナであったということにはならない。石川淳氏はランティエを《ぶらぶらあそんでくらす横町の隠居》であるとして、その代表にアンリ・ド・レニエをあげ、《このレニエの著作こそ、すべてのランティエの、もしくはさうなることを念願し憧憬する小市民の、ささやかな哀愁趣味をゆすぶつてくれるやうな小ぎれいな読物であつた》と述べている。それはその通りかも知れない。しかし作家がランティエであった例は、レニエにとどまらない。フローベルやゴンクール兄弟は勿論、ジードもモーリアックもそうであり、石川氏が荷風の読むべかりし新作家として挙げているサルトルにしたところで一種のランティエではなかったか（サルトルといえば『七十歳の自画像』と題する先年の対談で自身の過去現在の生活をことこまかに語っているが、その中で、自分は生まれてこのかた一度も金に困ったことはないといい、また出来るだけ沢山の金をいろんな人に与えるのが好きだが、銀行の預金が少なくなると機嫌が悪くなるといって、いまも機嫌が悪いところだよ、と冗談まじりに語っている）。作家だけではなく画家でも、ロートレックやドガは貴族で大地主、或いは銀行家の息子であるし、セザンヌにしても父親が小さな銀行（質屋のごときものか）を残しておいてくれたおかげで、画商の世話にはならず、自己の信ずる画法をつらぬいて絵画に新生面をひらくことが出来た。

勿論、ランティエの大多数は、たしかに石川氏のいわれるとおり《ぶらぶらあそんでくらす横町の隠居》かもしれないが、絵画や文学に精進している人も実業に従事している人から見れば《ぶらぶらあそんでくらす》変人ということになるだろう。毎日、カルトンを抱えて“Sur le motif”（写生）にかよっていたセザンヌなどは、町の人から精神障害の爺だと思われていたらしく、子供に年じゅう石をぶつけられていたという。何にしても、少なくとも二十世紀の或る時期まで、フランスの文芸や美術はそのようなランティエによって支えられていたといっても過言ではないだろう。また、そういうものだからこそ《パリの市民は、勤労者の小市民ならばなおさら、その生活上の夢をおしなべてランティエたることに懸けてゐた》わけであろう。ランボーが詩をやめてアフリカへ出掛けたのも、ランティエになるつもりだったというではないか。

しかし、時代とともに、ランティエの意味や内容が少しずつ変わっていることもたしかだろう。たとえば生産技術が上がるにつれて労働者の休日やヴァカンスの増加を要求するようになったのは、つまりランティエの大衆化現象であろうし、また逆に純粋の金利生活というのは次第に成り立ちにくくなっているのであろう。とくに日本では敗戦後、税法や農地法の改革によって、《ぶらぶらあそんでくらす横町の隠居》というものは、まったく姿を消してしまった。いや、戦争中からすでに徴用令というものが出来て、無為徒食の男女はすべて強制的に軍需工場その他で働かされることになったから、遊んで暮らせる有資産者も形式的にもせよ何処かの会社や官庁に就職しなければならなくなった。

十一月三十日　日曜日　微邪。咳嗽《がいそう》甚《はなはだ》し。洗濯屋の男勘定を取りに来りて言ふ。鄰の酒屋の息子十七才徴用令にて既につれ行かれたり。二年間たゞねば還れず、還ればつゞいて徴兵に行くなりと。　　（昭和十六年『日記』）

十二月廿二日。雨後の空晴れて片月を見る。浅草にて食料品を購ひ新橋の金兵衛に飯す。川尻清潭氏に逢ふ。世上の風聞によれば曽て左傾思想を抱きし文士三四十人徴用令にて戦地に送られ苦役に服しつゝありと云ふ。其家族東京に居残れるものこの事を口外することを禁ぜられ居る由。また戦地の何処に在りて如何なる苦役に服せるや、一切秘して知ることを得ざる由。……　　（同右）

これによって徴用令がいかに過酷であったかが察せられる。当時、六十歳をこえていた荷風にはさすがに徴用令はこなかったが、この年齢での独り暮らしはラクではなかったろう。日中戦争がはじまってからは家事を手伝いにくる者もなく、またいまと違ってインスタント食品などの便利なものもなく、ガスや水道の使用も制限されるとあって、日常茶飯の家事労働だけでも大変である。しかし荷風は、それについてほとんどグチらしいものはこぼしていない。全身にムクミがきて、疲労甚だしく、医者からは入院加療をすすめられているが、それも断っている。病院で暮らすことがイヤだったのか、治癒の見込みがないと思っていたのか、そのへんはわからないが、どっち途、住みなれた偏奇館をはなれることが億劫だったに違いない。……いや、偏奇館には未練はない。昭和二十三年九月、荷風は偏奇館の敷地を八万円たらずで売却している。地価の相場について私は無論詳しくは知らないが、まずは棄て値であろう。なぜ、そんなことをしたか？　そのへんの理由は無論、私にはわかりっこないが、この土地、および偏奇館に荷風が何の未練も愛着も持っていなかったことは、たしかだろう。荷風が未練をのこすものがあるとすれば、やはり偏奇館楼上においた書籍の他にはなかったに違いない。

　荷風がどんな本を持っていたか、それも私は知らない。ただ、荷風がいかに自分の蔵書に愛着があったかは、日記の断片を読んだだけで容易に推察できる。昭和十二年夏、吉原を舞台に小説を書こうとしていた荷風は、ほとんど連夜何処かの妓楼に泊まりこんでいたが、それでも必ず毎朝十一時頃には偏奇館へ帰って読書し、灯ともす頃にまた出掛けて行くという具合であった。

　……今宵もまた彦太楼に宿す。今月六日の夜より毎夜北里の妓楼に宿するに、今は妓楼が余の寝室の如く、我家はさながら図書館の如く思はるゝやうになりしもをかし。

（六月十一日『日記』）

連夜の登楼は五月下旬にはじまって七月上旬までつづく。それからしばらく吉原から足が遠のくのであるが、その間、荷風は連日、偏奇館楼上にあって曝書《ばくしょ》に忙しいのである。《我家はさながら図書館》とは言い得て妙というべきであろう……それにしても、これは何という孤独な生活であろうか。連夜遊廓にあそんでいるといっても、これは好きな女がいて居続けしているというのではない。かよう場所は同じ吉原でも、荷風はほとんど毎晩、違う家に揚がっている。ときには前夜に揚がった店と隣り同士かと思うような家に揚がったり、また一と晩に二軒の店をハシゴしたりもしている。これは漁色のためではない。

……揚屋町の成八幡楼に登る。二時間弐円半。夜より明朝までは七円半なりと云ふ。余が妓楼に遊びしは洋行以前のむかしにて、帰朝後一二度亡友啞々子と共に旧遊の跡をたづねしことありしかど、遊里の光景既に昔日の如くならざれば興味少く、殆ど今日に至るまで登楼せしことなかりしなり。此夜妓丁にすゝめられて表梯子を登りしは写真を撮影せむがためのみ。……

（五月二十七日『日記』）

荷風はこのようにして〝散歩〟の途中、偶然のように登楼する。こんにち吉原にはソープランドしかなく、また松葉屋という店では観光用のおいらんなども見せているようであるが、いずれも敗戦前まであった吉原遊廓の実態とは、まったく無縁のものである。しかし吉原がさびれたのは、何も戦争や関東大震災の影響ばかりではないだろう。荷風が帰朝したのは明治の末頃だが、《遊里の光景既に昔日の如くならざれば》とあるのを見れば、おそらく日露戦争後の数年間で吉原は急激に凋落したものと思われる。つまり、それだけ当時の日本は急速に近代化し、吉原のような封建的な遊び場をささえる〝人的資源〟は、その頃から払底しはじめたというべきであろう。私の知っている戦争中の吉原は、学生服のままで行ける唯一の遊所であったが、ダダっぴろくて崩壊寸前の博物館に東北から連れてこられた女たちが押しこめられているという感じであった。空襲や敗戦後の〝赤線廃止〟ということがなくても、吉原は自然に消滅する運命にあったといえよう。そして荷風が吉原を小説に書こうと思い立ったのも、消滅するものを写しておきたいという気持ちからであろう。もっとも、前年に書いた『濹東綺譚』が、この年の四月から「朝日新聞」に連載され大好評を博していたことも手伝って、吉原を描くことに作家的野心を燃え立たせたともいえるだろうけれど……。

しかし『濹東綺譚』の成功は、必ずしもそこに玉の井の私娼窟が精密に描かれているからということではなかった。野口冨士男氏は『わが荷風』で、『濹東綺譚』の玉の井は多分に美化されているとはいわないまでも、実態がそのまま描かれているとは言い難いとして、《「濹東綺譚」における永井荷風は風俗作家ではなくて、詩人である》といい、《「むかし北廓を取巻いていた鉄漿溝《おはぐろどぶ》より、一層不潔に思える此溝」まではえがいても、お雪を「ミューズ」にたとえるために屎尿や洗滌液の異臭を回避せねばならなかった。迷路の狭隘さはつたえても、舗装のほどこされていないぬかるんだ路面の描写は意識してかわす必要があった。人間としての荷風は玉の井という猟奇的で淫靡な地帯に舌なめずりせぬばかりのしんしんたる興味をおぼえながらも、作家としては夢と詩をはぐくむことに専念したのである》と述べている。私も、これにはまったく同感である。荷風は、吉原にも同じく過ぎ去った世界の夢を託そうとしていたに違いない。その詩的な感慨は当時の日記のいたるところにちりばめられており、いちいち引用のいとまもないくらいだ。……しかし、いかに主観的に詩情をのべるといっても、その詩情を引き出す何かが現実のなかになくてはかなわぬことだろう。

……○吉原の娼妓には床上手なるもの稀なるが如し。余二十歳より二十四歳頃まで芳原のみならず洲崎にも足繁く通ひしことあれど、閨中の秘戯人を悩殺する者殆絶無と云ひてもよきほどなり。之に反して其頃より浅草の矢場銘酒屋の女には秘戯絶妙のもの少からざりき。三四十年の星霜を経たる今日、再びこの里に遊ぶこと既に数十回に及ぶといへども、娼妓には依然として木偶に均しきもの多し。余がこのたびの曲輪通ひは追憶の夢に耽らむためなれば、其他の事は一切捨てゝ問はざるなり。

（七月九日『日記』）

つまり、吉原には《秘戯絶妙のもの》はいないが、玉の井にはいたということであろう。何にしても荷風は、吉原では『濹東綺譚』のお雪さんに当たるような人物にはめぐり合わなかったと見える。しかしこれは、お雪さんが《秘戯絶妙》であったというようなことではない。私には勿論、玉の井と吉原の女を比較して《秘戯》の優劣を論じるほどの素養はない。ただ前にも述べたように、吉原はあまりにもダダっぴろく、かつ鬱然たる伝統にささえられているためか、私などかえって性欲が拡散してしまって、自分自身が《木偶に均しきもの》になるような感じであった。そこへ行くと玉の井は、公認の遊廓ではないから、私たち学生は小窓の傍りを歩いているだけで刑事に勾引《こういん》される危険もあったが、それだけスリルもあり、家も小さくまるで下宿屋に蒲団が敷きっぱなしになっているようなものだから、すべてが日常的な感覚で対応出来た。そこでは私たちも、お雪さんとまではいかなくても、木偶ではなく、生きた女にめぐり合う可能性はあったわけだ。

それかあらぬか、吉原を舞台にした小説は短篇『おもかげ』が一本あるだけで、ついに『濹東綺譚』に匹敵する作品をのこすことは出来なかった。《妓楼が余の寝室の如く》になるほど熱心にかよいつめたにもかかわらず……。しかし繰り返していえば、『濹東綺譚』がすでに必ずしも玉の井の実態を写すことが目的ではなく、過去の幻影を裏ぶれた私娼窟の女のうえに描いたものだとすれば、《余がこのたびの曲輪通ひは追憶の夢に耽らむためなれば、其他の事は一切捨てゝ問はざるなり》という吉原通いは、最初から『濹東綺譚』の二番煎じであったといえよう。勿論、日常生活でわれわれは同じことを倦きるまで何度でも繰り返す。しかし、それは小説のモチーフになり難いわけだ。

たしかに、荷風は吉原を小説にかくことには成功しなかった。ただ、吉原に通いつめて、なぜそんなに《追憶の夢に耽ら》んことを切望したのかという心持ちだけは、日記の中に不言不語のうちにも惻々《そくそく》とつたわってくる。

七月十三日。浪花屋を出で黎明の廓内を歩む。風なく蒸暑ければ嫖客《ひょうかく》娼妓いづこの家にても表二階の欄干に凭《もた》れ、流しのヴヰオロン弾きを呼留むるあり、或は半ば裸体になりて相戯るゝもあり。客なき女は入口の土間又妓夫台のあたりに相寄りて低語するさま、是亦むかしの吉原には見られぬ情景なり。京町一丁目太華楼に登り一睡せむとするに俄に腹痛を催す。娼妓白金懐炉に点火し来りて介抱すること頗親切なり。腰痛しづまる時驟雨《しゅうう》一過し、拍子木の音八時を告ぐ。大音寺前より車を倩つてかへる。終日困臥。夜執筆。

朗々誦すべき美文に酔わされながら私は、その筆者の孤独な想いに暗然とならざるを得ない。荷風は前夜から、浪花屋で大勢の女を呼び集めて、吉原の昔話にふけっている。明け方になって、一人で遊廓内をさまよい歩きながら、この老作家の胸の中には一体どんな想いが去来していたのであろうか。すでに新しい小説の立案に失敗しているること、つまり、吉原では新しい「お雪」に出会う可能性のないことを、荷風は感づいている。しかも、なおこの土地を去り難いのはなぜだろう——？

……○浪花屋老婆の談に曰く、むかし京町一丁目裏に在りし料理屋金子と、柳島の橋本および浅草田圃の大金と、この三軒は同じ棟梁の建てたる普請なりと。此説拠るところ在るもの丶如し。余金子の家屋は能く記憶せざれど、橋本大金の二軒はよく知りたり。大金は二階立ならず、橋本は川にのぞみて建てられたり。清洒軽快なる其家づくりは当時人の称する所、小林清親の名所絵にもあり。写真にもうつされたり。之を今日の破風造りの二階に比すれば一見して都人の趣味の相違を知り得べし。一は京伝南畝の散文の如く、一は現代文士の文の如し。……

（七月十二日『日記』）

これを文明批評として見れば、『冷笑』以来、相も変わらぬ千篇一律のグチに過ぎないであろう。今日の東京の建築物がいかに醜いかは、拙劣な文章しか書き得ない私たちも知っている。しかし昭和の吉原の建物が、大仰な構えであればあるほど、醜く滑稽であったのは、勿論建築技術の問題だけではない。要するに、吉原をふくめて江戸時代から引き継いだ文化が、決定的に時代に合わなくなってきたということであろう。しかも吉原は、その消滅の時期がくるまでは、みずから存続せざるを得なかった。

これは荷風が自分の住む家にペンキを塗って偏奇館と称したこととも、少なからず照応することであろう。

三

たしかに石川淳氏のいうごとく、荷風は戦前、《幸運なるランティエ》であったであろう。しかし、みずからの中に爛熟すべきものを持たぬランティエは、果たして本当に幸運であったといえるだろうか？　それを贅沢な悩みといえば、それまでである。暇にあかせて読んだり書いたり、戦争中に気儘に遊廓に出掛けて女郎屋のハシゴをしたり出来るのは、それだけでも羨むべき身分に違いない。しかし繰り返していえば、自身に守るべきものを持たぬ有資産者の心境は悲惨である。石川氏は《晩年の荷風はどうもオシャレでなさすぎる》といって、《歯が抜けたらば、さつさと歯医者に行くがいい、胃潰瘍といふことならば、行くさきは駅前のカツドン屋ではなくて、まさに病院のベッドの上ときまつてゐる》といっているのは、いかにも江戸ッ子らしい癇性な気のまわし方といわざるを得ない。たしかに自分と同じ町内に、こういう見苦しい老人が、これ見よがしに醜態をさらけ出してウロウロされたのでは、それだけで鬱とうしくてやり切れないかも知れない。私自身、荷風が文化勲章をもらって、それを屑屋の爺さん然とした身なりのまま首にかけて写真にうつっているのを見たときは、何もそんなにまでして見せなくても、という気がした。しかし荷風にしてみれば、こういうイヤガラセが、じつは唯一のオシャレであったに違いない。

敗戦後の荷風は、いつまでたっても焼け出されのホームレスのようであったが、これは単に《どうもオシャレでなさすぎる》というようなものではあるまい。むしろそれは、わざと汚れた白衣をきて街角に立っていた傷痍軍人に近いものであろう。――しかし、戦後の流行作家というより文豪の荷風が、何でわざわざ傷痍軍人の真似をしなければならないのか？

考えられる理由の一つは、やはり荷風がたたかうべき相手を見失ったということであろう。では一体それまでの荷風は何を相手にたたかっていたのか？　手近な例は偏奇館であろう。荷風が、この家に何の未練も残していなかったことは、すでに何度も述べた。これはランティエ荷風としては、一見、異様に思われる。しかし、これをペンキ館と名づけたことからも、やはりこの家は荷風にとって仮住まいだったと思われる。それより以前、荷風が偏奇館に移るまで父親とともに住んでいた大久保の家は、大名屋敷と呼ぶにふさわしい広大なものであったらしい。しかし『狐』その他に出てくるその家は、荷風が愛着を抱いていたとは考えられない。屋敷がいかに広大でも子供の荷風には唯、淋しい、恐ろしい気がするばかりだ。

……父にはどうして、風に吠え、雨に泣き、夜を包む老樹の姿が恐くないのであらう。角張つた父の顔が時としては松の瘤よりも猶空恐しく思はれた事があつた。

これに較べれば、偏奇館は独立した自分のものであるから、まだしも住み心地がよかったであろう。しかし、その家は軽薄なペンキ塗りの、まがいものの西洋建築にすぎない。どうして、こんなものに執着することが出来ようか。だから、その家が焼けてしまうと、跡地を棄て値で叩き売るわけだ。自分には住む家もなく、ひとの家の部屋を間借りして暮らしているというのに。しかも、土地を売って半年もたたないうちに、間借りの部屋を追い出され、結局は市川の在のボロ家を、売った土地の代金の五、六倍もの値で買わなければならなくなる。そのぐらいなら、市兵衛町の土地を売らずに仮小屋でも建てて住んだほうがマシだったろうに。しかし荷風には、麻布の高台の土地に戻って住むという気持ちはみじんもなかったに違いない。なぜか、という理由は、私にはハッキリとは示すことが出来ない。ただ、東京の山手に属するこの土地には荷風がどうしても馴染むことの出来ない何かがシミついて残っていたのであろう。昭和二十三年十二月、新しく買い入れた市川市菅野のその家に、荷風は決して満足していたわけではない。

十二月二十日。晴また陰。午前高梨氏来話。午後買入家屋留守番の様子を見むとて行く。近隣農家の老婆兀坐して針仕事なしゐたり。家は格子戸上口三畳、八畳六畳二間つゞき、湯殿台処便所、小庭あり。雇婆と二人にて住むには頗狭し。長く居られるや否や。焼出されて身の置きどころなき人々に比すれば幸なれども過ぎし日のことを思へば暗愁限り知られず。灯刻停電。……

このようにして住みはじめた家に、荷風は昭和三十四年、息を引きとるまで住みつくことになる。家としては、たしかに狭苦しく、偏奇館にくらべては《暗愁限り知られず》心細いものであったろうが、慣れてくると住み心地はそれほど悪くはなかったのかもしれない。いや、家は粗末でも、市川という土地には、荷風を安堵させるようなひなびたものが、まだその頃には、そこここに残っていたようである。

市川の町を歩いてゐる時、わたくしは折々四五十年前、電車も自動車も走つてゐなかつたころの東京の町を思出すことがある。杉、柾木、槙などを植ゑつらねた生垣つゞきの小道を、夏の朝早く鰯を売りあるく男の頓狂な声。さてはまた長雨の晴れた昼すぎにきく竿竹売や、蝙蝠傘つくろひ直しの声。それ等はいづれもわたくしが学生のころ東京の山の手の町で聞き馴れ、そしていつか年と共に忘れ果てた懐しい巷の声である。

夏から秋へかけての日盛に、千葉県道に面した商ひ舗では砂ほこりを防ぐために、長い柄杓で溝の水を汲んで撒いてゐることがあるが、これも亦わたくしには、溝の多かつた下谷浅草の町や横町を、風の吹く日、人力車に乗つて通り過ぎたころのむかしを思ひ出させずには置かない。

（『葛飾土産』）

『葛飾土産』は、荷風が市川に住んで二度目の新春を迎えようとする頃から書きはじめられ、次にその年の秋、さらに同じ年の冬と、三度に分けて発表された。いずれもごく短い文章であるが、郊外の人家の庭や農家の垣に咲いている梅の花からはじまって、都市化するにつれて荒廃して行く東京の街の移り変わりを述べたあと、やがて市川の町などを流れる真間川のことに触れて、その川に沿って何処までも歩きつづけ、ついにそれが船橋の汚れた海に埋没するがごとくに流れこむことを見届けるところで終わっている。荷風が町なかの川や水について語った文章は、『隅田川』をはじめ、『ふらんす物語』にもリヨンのローヌ河の描写があるし、東京都内の溝渠や細流についてなど、まことに枚挙にいとまがないほどであるが、この『葛飾土産』は晩年の荷風が川によせて自らの生涯を振り返り、なお残された人生を歩んで行く姿が淡々としるされて、その深く静かな諦念が不言不語のうちに滲みとおるように描かれている。

私事をいえば、私も子供の頃から何度も市川に住んだことがあり、江戸川をはさんで小岩と市川の二つの町は名前をきいただけで何らかの感傷を誘わずにはいられない。そのせいか、この『葛飾土産』を小品文であるにもかかわらず、荷風掉尾の名作であるように思うのである。一日、私は荷風の真似をして、市川の周辺から真間川ぞいの道を歩いてみた。

いまは市川も、街道を大型のトラックが絶え間なく白い砂塵を巻き上げながら通って行き、決して落ち着いた町並みではないが、それでもおとずれてみれば、たしかに古い東京を想わせるところが何となく残っている。たとえば街道筋に、白いステテコをはいた坊主頭の親爺が二、三人、杖を片手にしゃがみこんで、傍の婆さんと何か語らいながらバスを待っていたりするが、こんな風景は東京の二十三区内では、もう見たくとも見られなくなった。真間川も江戸川から分かれて町なかに流れこんでしばらくは、両岸をコンクリートで固められ、殺風景とも何とも索漠たる眺めであるが、八幡の藪知らずのあたりから両岸に桜の植わった静かな通りになる。桜の寿命は比較的短いものだというから、荷風が河岸を歩いた二、三十年も前の頃にも、同じようにこの桜並木があったものかどうかは知らないが、いま葉をしげらせて緑のトンネルのようなこの道を歩いていると、焦土の東京からこの町へやってきた荷風が、ほっと一息つきたいような心境で、買い物籠に枯れ枝や松毬《まつぼっくり》など拾い集めながら歩いている姿がしのばれる。片側には生け垣がつらなり、また朽ちそうになった冠木門《かぶらぎもん》などあって、おそらくそれは古い東京の大店の主人の別荘ででもあったのだろうか。そんな家の門柱にも「貸し間あります」などと貼り札がしてあるのも、落ちぶれたランティエの世界が覗いて見えるようだ。桜並木は小一時間と歩かないうちに尽き、やがて電車のガードをくぐりぬけると、川は単なる油の浮いた汚い水たまりのようになって、ここから先、私は歩きつづける興味を失った。しかし、落魄した荷風の心境をうつし出すには、このように荒涼とした光景はかえってふさわしいのかも知れない。

　遥に水の行衛を眺めると、来路と同じく水田がひろがつてゐるが、目を遮るものは空のはづれを行く雲より外には何物もない。卑湿の地も程なく尽きて泥海になるらしいことが、幹を斜にした樹木の姿や、吹きつける風の肌ざはりで推察せられる。たどりたどつて尋ねて来た真間川の果ももう遠くはあるまい。

（『葛飾土産』）

こう描かれた風景がいったいどのあたりを写したものか、いまは見当もつきにくい。私の眼の前にあるのは一面アスファルト舗装にした広い地面であり、その向こう側に赤、黄など毒々しいペンキの色を塗り立てたヘルス・センターとかいう、不可思議醜怪なるものが建っているに過ぎなかった。

（『歳々年々』一九八九年・講談社）

解説

高橋昌男

『私の濹東綺譚』は平成九（一九九七）年から一年余り、新潮社のホームページ『Web新潮』に連載された。

容量に限りがあるので一回分の枚数は原稿用紙で四枚ちょっとと少ないけれど、そのぶん話題が絞られて読みやすい。そればかりかインターネットの強みを活かして、毎回貴重な写真資料が添えられて、安岡さんの簡勁《かんけい》な筆でアレンジされた作品世界を奥行きあるものにしている。

貴重な写真資料とはすなわち、時局の移り変わりや街の風俗を教えてくれる新聞写真であり、木村荘八描くかの有名な『濹東綺譚』の挿絵であり、時には荷風散人がみずからシャッターを切った、遊び場玉の井の侘しい町並みや女たちのスナップ写真などである。それにしても「ラディオ」や「活動写真」が嫌いな荷風が、カメラは持ち歩くのだから、つくづくおかしな人だ。

今更いうまでもなく、安岡さんは随想風エッセイの名手で、その著作はおびただしい数にのぼる。にもかかわらず、これまで永井荷風について論じたものは意外と少ない。いや、不勉強から私が勝手にそう思い込んでいるだけかもしれないが、私にはいまだに『水の流れ――永井荷風文学紀行』の印象があざやかだ。

荷風は昭和三十四（一九五九）年四月末日の朝、市川市の自宅で吐血して息絶えているところを発見された。満八十歳であった。当然、翌月の文芸誌はどこも明治、大正、昭和の三代にわたって盛名をほしいままにした狷介《けんかい》孤高の作家を追悼して、その文業を偲んだ。かくいう私も前の年に大学を出て、たまたま編集を任されていた「三田文学」の六月号を「永井荷風追悼号」として世に出したが、そのころ目にした数多の荷風関係の文章のなかで、石川淳の『敗荷落日』が辛辣なことにかけて際立っていた。辛辣というのは、〝陋巷に窮死〟した荷風の無残な末路に焦点を当てて、反俗の姿勢なるものの滑稽さに言い及んでいたからである。荷風びいきの私には、死者に笞《むち》打つたぐいの厳しさと映った。

さて安岡さんのエッセイ『水の流れ――永井荷風文学紀行』だが、これは昭和六十三（一九八八）年に書かれた。荷風の死から二十九年が経つ。私は随筆集『歳々年々』で読んで、驚いた。石川淳の『敗荷落日』を取り上げて、その言い分に賛意を表しながらも、荷風の文学に親近する立場からこれに修正を試みて、時代に取り残された老作家の荒涼たる内面風景に深いまなざしを注いでいるのである。

修正を試みている例をひとつだけ挙げてみたい。

石川淳は問題のエッセイにおいて、荷風をフランスの知的な有閑階級によくあるランティエ（金利生活者）と見立てて、そういう身分が保証されてじかに世間と関わる必要のない戦前でこそ、荷風は反時代的な姿勢が魅力の文学者たり得たが、ランティエなるものが存在しなくなった戦後は、たんなる年老いた窮民にすぎない。窮民であるがゆえに、現金と預金通帳を詰めた〝守本尊〟のボストンバッグをそばに置いて、悲惨な最期を迎えなければならなかった、という。

ここまではいい。が、安岡さんは「じつは、このような死に方こそ、荷風がもっとも恐怖していたものではなかったか」と書きつける石川淳の一行に、わざわざ傍点をふって、もう一歩進んだ解釈を示してみせるのである。すなわち、怖れるのと同時に荷風はそのような死をみずからに課していたのではないかと。その根拠は、三月十日の偏奇館焼亡の際に「三十余年前欧米にて購《あなが》ひし詩集小説座右の書巻」（『日記』）を灰にしてしまった事実、そのことがもたらした深い喪失感にある。なるほど、と思う。

ところで私が紹介したいのは、これにつづく安岡さんの次の一節である。

《荷風が失ったのは、書籍というより過去の知識を語る何かであり、それはたとえ同じ内容の書籍を買い戻したとしても、再び手に入れることの出来ない或るものであろう。／人は書籍を読んで、頭で理解するだけではない、生活感情全体で理解するのである。とくに文芸書はそうだろう。そして過去に自分の読んだ本は、その中に過去の生活感情が封じこめられている》

教養ある真の文人たる荷風の絶望を思い遣るこれ以上の文章を私は知らないが、これは同時に安岡さんの卓れた読書論でもある。安岡さんはこれまで一期一会の覚悟にも似て、出合った本と生活感情のすべてを挙げて取り組んできたわけで、その蓄積が（妙な言い方だが）私評論というべき独特のエッセイ群となって私たちを魅了するのである。

だいぶ脇道へ逸れたが、それというのも安岡さんの荷風体験の深さを知って貰い、併せて過去の生活感情にぴったりと寄り添って語られる話術の妙を、この『私の濹東綺譚』で読者にあじわってほしかったからだ。

安岡さんは二十歳のとき、山の手の白山を舞台にした花柳小説『おかめ笹』を読んだ。これが荷風文学に触れた最初だという。二十歳というと昭和十五（一九四〇）年、旧制高校生たらんとしてまだ受験浪人中の身である。が、そんなことにはお構いなしに、安岡青年は次いで新橋芸者の意地の張り合いを描いた『腕くらべ』、夜更けの吉原で客待ちをするタクシー運転手の純愛話『おもかげ』、そして『濹東綺譚』へと興味を移してゆくのだが、対米戦争を翌年に控えたこの年の時局の怪しい雲行き、青年自身の徴兵適齢期にある不如意の境遇を思い合わせると、荷風文学へのひたむきな傾斜には何か哀切なものがある。

事実、いう。《そんなとき、私にとって唯一の慰めになるのは『濹東綺譚』や『雨瀟瀟』のような小説を、いまはまだ存分に読めるということだった。（中略）こんな時代に、こんな本にめぐり合えたのは、自分にとって何たる仕合せなことか——と私は本のページをめくりながらかんがえたものだ》まさにその時期の、日に見えない壁を前にした生活感情がいわしめた言葉であろう。

ところが五年後、病いを得て内地送還になった安岡二等兵は、大阪のK町陸軍病院というところで、もういちど『濹東綺譚』と奇跡的な再会を果たすのである。その病院は傷病兵の収容所というべき不潔且つ陰惨この上ない施設で、『自叙伝旅行』によれば「気持がすさんで息者同士の私刑が絶えず行われて」いるような監獄さながらの悪環境にあった。

安岡二等兵の喜びは、そんな荒れ放題の病院の図書室で、岸田国士の『暖流』、菊池寛の『恩讐の彼方に』などとならんで岩波版の『濹東綺譚』を見出したことであった。彼は借り出すと、さっそくベッドの上で読み耽った。

この陸軍病院のくだりは〈十五、『秋窓風雨夕』〉に出て来る。ベッドに寝転んで荷風の名文に酔い痴れていると、窓越しに、腸結核で余命いくばくもない兵隊とヒマワリに水をやる看護婦の、埒もない大阪弁のやりとりが聞こえてきた。このあたりの情景は安岡さんの短篇小説を彷彿させるが、ところが御本人はいきなり口調を変えてこういう。

《それと『濹東綺譚』とにどういう関係があるのか？　じつは何の関係もない。ただ、K町の陸軍病院で『濹東綺譚』を私が読んでいたとき、傍に腸結核の患者がいたというまでのことだ》

本当に関係がないだろうか。確かに外見には両者をつなぐものは何もない。だが、この無関係という関係こそ、『濹東綺譚』が象徴する幽艶な詩的世界と、死を宣告された人間の動物的現実との、背中合わせの一瞬の交感を却って暗示してはいないだろうか。思わぬ場所で荷風の流麗豊潤な文章に接して、安岡さんは「喜びに殆ど何も彼も忘れそうになっていた」と回顧しているが、この至福のひとときはもしかしたら生活感情というよりは、いま辛うじて生きて在るというぎりぎりの生命感覚がもたらしたものだったかもしれない。

荷風の傑作小説とこのような因縁浅からぬ話があって、『私の濹東綺譚』は断然身近な本になった。それだけではない。このたび読み直して、私は例えばお雪のモデルが誰であるかを明かす追跡劇の意外な展開に推理小説を読むような愉しさをあじわった。

現在、お雪に特定のモデルはないとするのが定説である。安岡さんもお雪は荷風が頭に描いた女だとした上で、但しモデルがあるとすればその原型は荷風がかつて馴染んだ新橋の芸妓であろうと述べている。その代表格が新翁家の富松と巴家八重次（のちの藤蔭静枝）というわけだが、考証の末これを否定している。

ここで登場するのが、若き日の荷風が滞米中に知り合った娼婦イデスである。二人の濃やかな交情は『西遊日誌抄』などにくわしいが、もちろん金髪碧眼のイデスがお雪になれるわけがない。実は安岡さんが着目したのは人物の姿かたちではなく、イデスとの出合いと別れの情景が折々の言動や心理も含めて、三十年後にそっくり『濹東綺譚』に移し替えられたのではないか、という一点である。

ワシントンからニューヨークへ追いかけてきて銀行勤めの荷風に一緒に暮らそうと迫るイデスと、「わたし、借金を返しちまったら。あなた、おかみさんにしてくれない」と〝わたくし〟に誘いをかけるお雪。ああ、こういうことか、と私は感銘をうけた。こうした青春の移し替えがあって初めて、『濹東綺譚』全篇を掩う詩情と無常感が得心いくのである。

（たかはし・まさお　作家）

＊新潮文庫版より再録

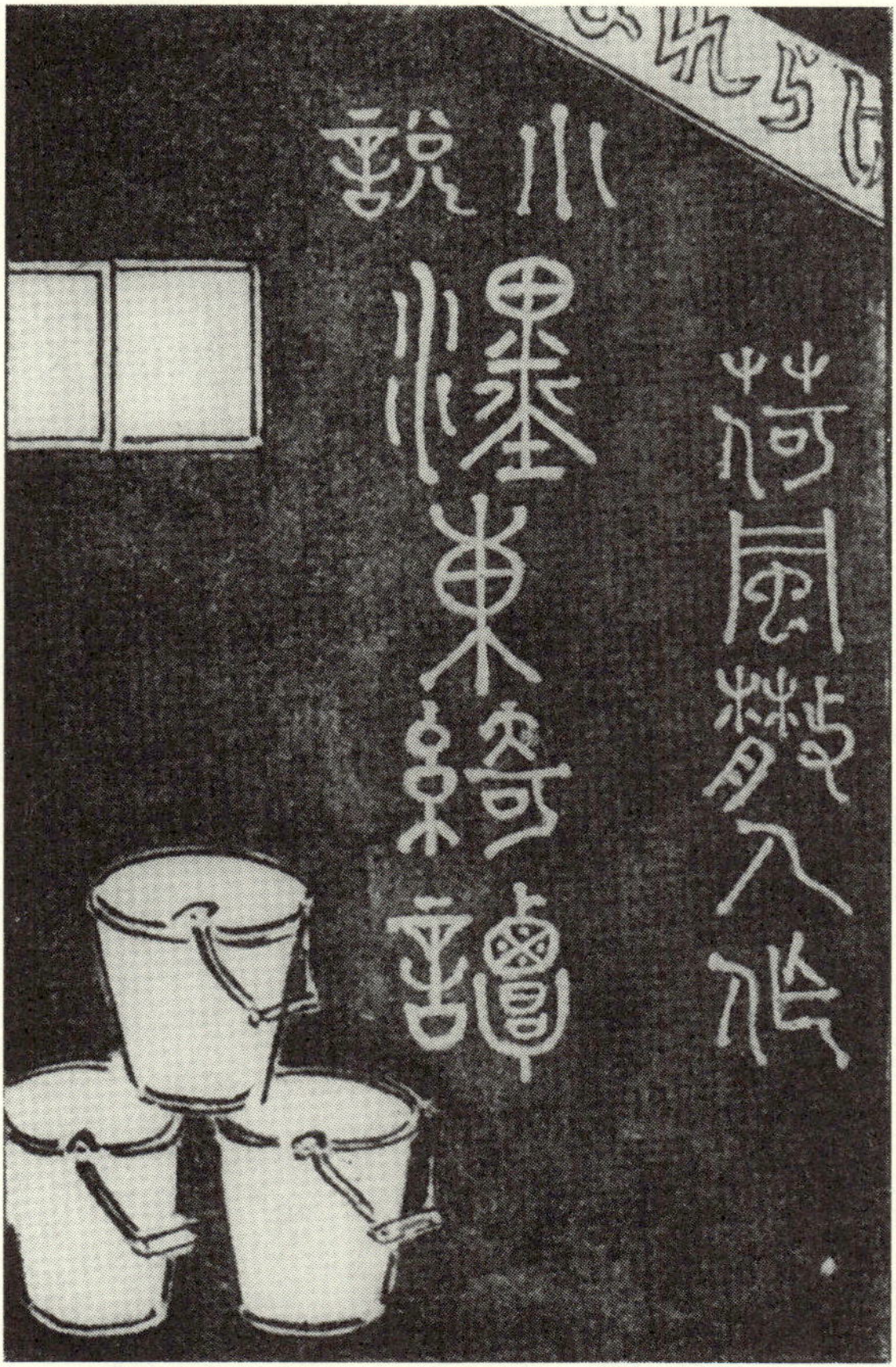
荷風散人作
小説
濹東綺譚

私家版『濹東綺譚』表紙

濹東綺譚

永井荷風

一

わたくしは殆ど活動写真を見に行ったことがない。

おぼろ気な記憶をたどれば、少年のころ――明治二十四五年頃でもあろう。神田錦町《にしきちょう》に在った貸席錦輝館《きんきかん》で、サンフランシスコ市街の光景を写したものを見たことがあった。活動写真という言葉のできたのも恐らくはその時分からであろう。それから四十余年を過ぎた今日《こんにち》では、活動という語《ことば》は既にすたれて他のものに代られているらしいが、初めて耳にしたものの方が口馴れて言いやすいから、わたくしは依然としてむかしの廃語をここに用いる。

震災の後、わたくしの家に遊びに来た青年作家の一人が、時勢におくれるからと言って、無理やりにわたくしを赤坂溜池の活動小屋に連れて行ったことがある。何でも其頃非常に評判の好いものであったというが、見ればモオパッサンの短篇小説を脚色したものであったので、わたくしはあれなら写真を看るにも及ばない。原作をよめばいい。その方がもっと面白いと言ったことがあった。

然し活動写真は老弱《ろうにゃく》の別《わかち》なく、今の人の喜んでこれを見て、日常の話柄《わへい》にしているものであるから、せめてわたくしも、人が何の話をしているのかと云うくらいの事は分るようにして置きたいと思って、活動小屋の前を通りかかる時には看板の画と名題とには勉《つと》めて目を向けるように心がけている。看板を一瞥《べつ》すれば写真を見ずとも脚色の梗概も想像がつくし、どういう場面が喜ばれているかと云う事も会得せられる。

活動写真の看板を一度に最多く一瞥する事のできるのは浅草公園である。ここへ来ればあらゆる種類のものを一ト目に眺めて、おのずから其巧拙をも比較することができる。わたくしは下谷《したや》浅草の方面へ出掛ける時には必ず思出して公園に入り池の縁に杖《つえ》を曳《ひ》く。

夕風も追々寒くなくなって来た或日のことである。一軒々々入口の看板を見尽して公園のはずれから千束町《せんぞくまち》へ出たので。右の方は言問橋《こといばし》左の方は入谷町《いりやまち》、いずれの方へ行こうかと思案しながら歩いて行くと、四十前後の古洋服を着た男がいきなり横合から現れ出て、

「檀那、御紹介しましょう。いかがです。」と言う。

「イヤありがとう。」と云って、わたくしは少し歩調を早めると、

「絶好のチャンスですぜ。猟奇的ですぜ。檀那。」と云って尾《つ》いて来る。

「いらない。吉原へ行くんだ。」

ぽん引《びき》と云うのか、源氏というのかよく知らぬが、兎に角怪し気な勧誘者を追い払うために、わたくしは口から出まかせに吉原へ行くと言ったのであるが、行先の定《さだま》らない散歩の方向は、却てこれがために決定せられた。歩いて行く中《うち》わたくしは土手下の裏町に古本屋を一軒知っていることを思出した。

古本屋の店は、山谷堀《さんやぼり》の流が地下の暗渠《あんきょ》に接続するあたりから、大門前《おおもんまえ》日本堤橋のたもとへ出ようとする薄暗い裏通に在る。裏通は山谷堀の水に沿うた片側町で、対岸は石垣の上に立続く人家の背面に限られ、此方《こなた》は土管、地瓦《じがわら》、川土、材木などの問屋が人家の間に稍《やや》広い店口を示しているが、堀の幅の狭くなるにつれて次第に貧気《まずしげ》な小家《こいえ》がちになって、夜は堀にかけられた正法寺橋《しょうほうじばし》、山谷橋《さんやばし》、地方橋《じかたばし》、髪洗橋《かみあらいばし》、などいう橋の灯《ひ》がわずかに道を照すばかり。堀もつき橋もなくなると、人通りも共に途絶えてしまう。この辺で夜も割合におそくまで灯《あかり》をつけている家は、かの古本屋と煙草を売る荒物屋ぐらいのものであろう。

わたくしは古本屋の名は知らないが、店に積んである品物は大抵知っている。創刊当時の文芸倶楽部か古いやまと新聞の講談附録でもあれば、意外の掘出物だと思わなければならない。然しわたくしがわざわざ廻り道までして、この店をたずねるのは古本の為ではなく、古本を鬻《ひさ》ぐ亭主の人柄と、廓外《くるわそと》の裏町という情味との為である。

主人《あるじ》は頭を奇麗に剃った小柄の老人。年は無論六十を越している。その顔立、物腰、言葉使から着物の着様に至るまで、東京の下町生粋の風俗が、そのまま崩れずに残されているのが、わたくしの眼には稀覯《きこう》の古書よりも寧ろ尊くまた懐しく見える。震災のころまでは芝居や寄席の楽屋に行くと一人や二人、こういう江戸下町の年寄に逢うことができた――たとえば音羽屋の男衆の留爺《とめじい》やだの、高嶋屋の使っていた市蔵などいう年寄達であるが、今はいずれもあの世へ行ってしまった。

古本屋の亭主は、わたくしが店先の硝子《がらす》戸をあける時には、いつでもきまって、中仕切の障子際にきちんと坐り、円い背を少し斜に外の方へ向け、鼻の先へ落ちかかる眼鏡をたよりに、何か読んでいる。わたくしの来る時間も大抵夜の七八時ときまっているが、その度毎に見る老人《としより》の坐り場所も其の形も殆どきまっている。戸の明く音に、折かがんだまま、首だけひょいと此方《こなた》へ向け、「おや、入らっしゃいまし。」と眼鏡をはずし、中腰になって坐布団の塵《ちり》をぽんと叩き、匐《は》うような腰付で、それを敷きのべながら、さて丁寧に挨拶をする。其言葉も様子も亦型通りに変りがない。

「相変らず何も御在《ござい》ません。お目にかけるようなものは。たしか芳譚《ほうだん》新誌がありました。揃っちゃ居りませんが。」

「為永春江《しゅんこう》の雑誌だろう。」

「へえ。初号がついて居りますから、まアお目にかけられます。おや、どこへ置いたかな。」と敷居際に積重ねた古本の間から合本五六冊を取出し、両手でぱたぱた塵をはたいて差出すのを、わたくしは受取って、

「明治十二年御届としてあるね。この時分の雑誌をよむと、生命《いのち》が延るような気がするね。魯《ろ》文珍報も全部揃ったのがあったら欲しいと思っているんだが。」

「時々出るにゃ出ますが、大抵ばらばらで御在ましてな。檀那、花月新誌はお持合せで被居《いらっしゃ》いますか。」

「持っています。」

硝子戸の明く音がしたので、わたくしは亭主と共に見返ると、これも六十あまり。頬のこけた禿頭の貧相な男が汚れた縞の風呂敷包を店先に並べた古本の上へ卸しながら、

「つくづく自動車はいやだ。今日はすんでの事に殺されるところさ。」

「便利で安くってそれで間違いがないなんて、そんなものは滅多にないよ。それでも、お前さん。怪我アしなさらなかったのか。」

「お守が割れたおかげで無事だった。衝突したなア先へ行くバスと円タクだがね、思出してもぞっとするね。実は今日鳩ケ谷の市へ行ったんだがね、妙な物を買った。昔

の物はいいね。さし当り捌口《はけぐち》はないんだが見るとつい道楽がしたくなる奴さ。」

禿頭は風呂敷包を解き、女物らしい小紋の単衣《ひとえ》と胴抜《どうぬき》の長襦袢《ながじゅばん》を出して見せた。小紋は鼠地の小浜ちりめん、胴抜の袖にした友禅染も一寸《ちょっと》変ったものではあるが、いずれも維新前後のものらしく特に古代という程の品ではない。

然し浮世絵肉筆物の表装とか、近頃はやる手文庫の中張《うちば》りとか、又草双紙《くさぞうし》の帙《ちつ》などに用いたら案外いいかも知れないと思ったので、其場の出来心からわたくしは古雑誌の勘定をするついでに胴抜の長襦袢一枚を買取り、坊主頭の亭主が芳譚雑誌の合本と共に紙包にしてくれるのを抱えて外へ出た。

日本堤を往復する乗合自動車に乗るつもりで、わたくしは暫く大門前の停留場に立っていたが、流しの円タクに声をかけられるのが煩《うるさ》いので、もと来た裏通へ曲り、電車と円タクの通らない薄暗い横町を択《えら》み択み歩いて行くと、忽ち樹の間から言問橋の灯が見えるあたりへ出た。川端の公園は物騒だと聞いていたので、川の岸までは行かず、電燈の明るい小径に沿うて、鎖の引廻してある其上に腰をかけた。

実は此方《こっち》への来がけに、途中で食麺麭《しょくばん》と鑵詰《かんづめ》とを買い風呂敷へ包んでいたので、わたくしは古雑誌と古着とを一緒に包み直して見たが、風呂敷がすこし小さいばかりか、堅い物と柔いものとはどうも一緒にはうまく包めない。結局鑵詰だけは外套のかくしに収め、残の物を一つにした方が持ちよいかと考えて、芝生の上に風呂敷を平《たいら》にひろげ、頻《しきり》に塩梅《あんばい》を見ていると、いきなり後の木蔭から、「おい、何をしているんだ。」と云いさま、サアベルの音と共に、巡査が現れ、猿臂《えんぴ》を伸してわたくしの肩を押えた。わたくしは返事をせず、静に風呂敷の結目を直して立上ると、それさえ待どしいと云わぬばかり、巡査は後からわたくしの肱《ひじ》を突き、「其方《そっち》へ行け。」

公園の小径をすぐさま言問橋の際に出ると、巡査は広い道路の向側に在る派出所へ連れて行き、立番の巡査にわたくしを引渡したまま、急しそうにまた何処へか行ってしまった。

派出所の巡査は入口に立ったまま、「今時分、何処から来たんだ。」と尋問に取りかかった。

「向《むこう》の方から来た。」

「向の方とは何方《どっち》の方だ。」

「堀の方からだ。」

「堀とはどこだ。」

「真土山《まっちやま》の麓《ふもと》の山谷堀という川だ。」

「名は何と云う。」

「大江匡。」と答えた時、巡査は手帳を出したので、「匡《タダス》は匚《はこ》に王の字をかきます。一タビ天下ヲ匡スと論語にある字です。」

巡査はだまれと言わぬばかり、わたくしの顔を睨《にら》み、手を伸していきなりわたくしの外套の釦《ぼたん》をはずし、裏を返して見て、

「記号《しるし》はついていないな。」つづいて上着の裏を見ようとする。

「記章《しるし》とはどう云う記章です。」とわたくしは風呂敷包を下に置いて、上着と胴着《ちょっき》の胸を一度にひろげて見せた。

「住所は。」

「麻布区御箪笥町《おたんすまち》一丁目六番地。」

「職業は。」

「何にもしていません。」

「無職業か。年はいくつだ。」

「己《つちのと》の卯《う》です。」

「いくつだよ。」

「明治十二年己の卯の年。」それきり黙っていようかと思ったが、後がこわいので、

「五十八。」

「いやに若いな。」

「へへへへ。」

「名前は何と云ったね。」

「今言いましたよ。大江匡。」

「家族はいくたりだ。」

「三人。」と答えた。実は独身であるが、今日までの経験で、事実を云うと、いよいよ怪しまれる傾《かたむき》があるので、三人と答えたのである。

「三人と云うのは奥さんと誰だ。」巡査の方がいい様に解釈してくれる。

「嬶《かか》アとばばア。」

「奥さんはいくつだ。」

一寸窮《こま》ったが、四五年前まで姑《しばら》く関係のあった女の事を思出して、「三十一。明治三十九年七月十四日生丙午《ひのえうま》……。」

若し名前をきかれたら、自作の小説中にある女の名を言おうと思ったが、巡査は何にも云わず、外套や背広のかくしを上から押え、

「これは何だ。」

「パイプに眼鏡。」

「うむ。これは。」

「鑵詰。」

「これは、紙入だね。鳥渡《ちょっと》出して見せたまえ。」

「金がはいって居ますよ。」

「いくら這入《はい》っている。」

「サア二三十円もありましょうかな。」

巡査は紙入を抜き出したが中は改めずに電話機の下に据えた卓子《ていぶる》の上に置き、

「その包は何だね。こっちへ這入ってあけて見せたまえ。」

風呂敷包を解くと紙につつんだ麺麭と古雑誌まではよかったが、胴抜の艶《なま》めかしい長襦袢の片袖がだらりと下るや否や、巡査の態度と語調とは忽《たちまち》一変して、

「おい、妙なものを持っているな。」

「いや、はははは。」とわたくしは笑出した。

「これは女のきるもんだな。」巡査は長襦袢を指先に摘《つま》み上げて、燈火にかざしながら、わたくしの顔を睨み返して、「どこから持って来た。」

「古着屋から持って来た。」

「どうして持って来た。」

「金を出して買った。」

「それはどこだ。」

「吉原の大門前。」

「いくらで買った。」

「三円七十銭。」

巡査は長襦袢を卓子の上に投捨てたなり黙ってわたくしの顔を見ているので、大方警察署へ連れて行って豚箱へ投込むのだろうと、初のようにからかう勇気がなくなり、此方も巡査の様子を見詰めていると、巡査は矢張だまったまままわたくしの紙入を調べ出した。紙入には入れ忘れたまま折目の破れた火災保険の仮証書と、何かの時に入用であった戸籍謄本に印鑑証明書と実印とが這入っていたのを、巡査は一枚々々静にのべひろげ、それから実印を取って篆刻《てんこく》した文字を燈火《あかり》にかざして見たりしている。大分暇がかかるので、わたくしは入口に立ったまま道路の方へ目を移した。

道路は交番の前で斜に三筋に分れ、その一筋は小塚ッ原、一筋は白髯橋《しらひげばし》の方へ走り、それと交叉して浅草公園裏の大通が言問橋を渡るので、交通は夜になってもなかなか頻繁であるが、どういうことか、わたくしの尋問されるのを怪しんで立止る通行人は一人もない。向側の角のシャツ屋では女房らしい女と小僧とがこっちを見ていながら更に怪しむ様子もなく、そろそろ店をしまいかけた。

「おい。もういいからしまいたまえ。」

「別に入用なものでもありませんから……。」呟きながらわたくしは紙入をしまい風呂敷包をもとのように結んだ。

「もう用はありませんか。」

「ない。」

「御苦労さまでしたな。」わたくしは巻煙草も金口のウエストミンスターにマッチの火をつけ、薫《かおり》だけでもかいで置けと云わぬばかり、烟《けむり》を交番の中へ吹き散して足の向くまま言問橋の方へ歩いて行った。後で考えると、戸籍謄本と印鑑証明書とがなかったなら、大方その夜は豚箱へ入れられたに相違ない。一体古着は気味のわるいものだ。古着の長襦袢が祟《たた》りそこねたのである。

二

「失踪」と題する小説の腹案ができた。書き上げることができたなら、この小説はわれながら、さほど拙劣なものでもあるまいと、幾分か自信を持っているのである。

小説中の重要な人物を、種田順平《たねだじゅんぺい》という。年五十余歳、私立中学校の英語の教師である。

種田は初婚の恋女房に先立たれてから三四年にして、継妻光子《けいさいみつこ》を迎えた。光子は知名の政治家某《なにがし》の家に雇われ、夫人付の小間使となったが、主人に欺むかれて身重になった。主家では其執事遠藤某をして後の始末をつけさせた。其条件は光子が無事に産をしたなら二十個年子供の養育費として毎月五拾円を送る。其代り子供の戸籍については主家では全然与り知らない。又光子が他へ嫁する場合には相当の持参金を贈ると云うような事であった。

光子は執事遠藤の家へ引取られ男の児を産んで六十日たつか経たぬ中《うち》矢張遠藤の媒介で中学校の英語教師種田順平なるものの後妻となった。時に光子は十九、種田は三十歳であった。

種田は初めの恋女房を失ってから、薄給な生活の前途に何の希望を見ず、中年に近《ちか》づくに従って元気のない影のような人間になっていたが旧友の遠藤に説きすすめられ、光子母子の金にふと心が迷って再婚をした。其時子供は生れたばかりで戸籍の手続もせずにあったので、遠藤は光子母子の籍を一緒に種田の家に移した。それ故後になって戸籍を見ると、種田夫婦は久しく内縁の関係をつづけていた後、長男が生れた為、初めて結婚入籍の手続をしたもののように思われる。

二年たって女の児が生れ、つづいて又男の児が生れた。表向は長男で、実は光子の連子《つれこ》になる為年《ためとし》が丁年になった時、多年秘密の父から光子の手許に送られていた教育費が途絶えた。約束の年限が終ったばかりではない。実父は先年病死し、其夫人も亦つづいて世を去った故である。

長女芳子と季児《すえこ》為秋《ためあき》の成長するに従って生活費は年々多くなり、種田は二三軒学校を掛持ちして歩かねばならない。

長男為年は私立大学に在学中、スポーツマンとなって洋行する。妹芳子は女学校を卒業するや否や活動女優の花形となった。

継妻光子は結婚当時は愛くるしい円顔であったのがいつか肥満した婆となり、日蓮宗に凝りかたまって、信徒の団体の委員に挙げられている。

種田の家は或時は宛《さなが》ら講中の寄合所、或時は女優の遊び場、或時はスポーツの練習場もよろしくと云う有様。その騒しさには台所にも鼠が出ないくらいである。

種田はもともと気の弱い交際嫌いな男なので、年を取るにつれて家内の喧騒には堪えられなくなる。妻子の好むものは悉く種田の好まぬものである。種田は家族の事については勉めて心を留めないようにした。おのれの妻子を冷眼に視るのが、気の弱い父親のせめてもの復讐であった。

五十一歳の春、種田は教師の職を罷められた。退職手当を受取った其日、種田は家にかえらず、跡をくらましてしまった。

是より先、種田は嘗て其家に下女奉公に来た女すみ子と偶然電車の中で邂逅し、其女が浅草駒形町のカフエーに働いている事を知り、一二度おとずれてビールの酔を買った事がある。

退職手当の金をふところにした其夜である。種田は初めて女給の部屋借をしているアパートに行き、事情を打明けて一晩泊めてもらった……。

＊

それから先どういう風に物語の結末をつけたらいいものか、わたくしはまだ定案を得ない。

家族が捜索願を出す。種田が刑事に捕えられて説諭せられる。中年後に覚えた道楽は、むかしから七ツ下りの雨に譬えられているから、種田の末路はわけなくどんなにでも悲惨にすることが出来るのだ。

わたくしはいろいろに種田の堕落して行く道筋と、其折々の感情とを考えつづけている。刑事につかまって拘引されて行く時の心持、妻子に引渡された時の当惑と面目なさ。其身になったらどんなものだろう。わたくしは山谷の裏町で女の古着を買った帰り道、巡査につかまり、路端の交番で厳しく身元を調べられた。この経験は種田の心理を描写するには最も都合の好い資料である。

小説をつくる時、わたくしの最も興を催すのは、作中人物の生活及び事件が開展する場所の選択と、その描写とである。わたくしは屢《しばしば》人物の性格よりも背景の描写に重きを置き過るような誤《あやまり》に陥ったこともあった。

わたくしは東京市中、古来名勝の地にして、震災の後新しき町が建てられて全く旧観を失った、其状況を描写したいが為に、種田先生の潜伏する場所を、本所か深川か、もしくは浅草のはずれ。さなくば、それに接した旧郡部の陋巷《ろうこう》に持って行くことにした。

これまで折々の散策に、砂町や亀井戸、小松川、寺島町《てらじままち》あたりの景況には既に大略通じているつもりであったが、いざ筆を着けようとすると、俄《にわか》に観察の至らない気がして来る。曽て、（明治三十五六年の頃）わたくしは深川洲崎遊廓《すさきゆうかく》の娼妓を主題にして小説をつくった事があるが、その時これを読んだ友人から、「洲崎遊廓の生活を描写するのに、八九月頃の暴風雨や海嘯《つなみ》のことを写さないのは杜撰の甚しいものだ。作者先生のお通いなすった甲子楼《きのえねろう》の時計台が吹き倒されたのも一度や二度のことではなかろう。」と言われた。背景の描写を精細にするには季節と天候とにも注意しなければならない。例えばラフカジオ、ハーン先生の名著チタ或はユーマの如くに。

六月末の或夕方である。梅雨《ばいう》はまだ明けてはいないが、朝から好く晴れた空は、日の長いころの事で、夕飯をすましても、まだたそがれようともしない。わたくしは箸を擱《お》くと共にすぐさま門を出で、遠く千住《せんじゅ》なり亀井戸なり、足の向く方へ行って見るつもりで、一先《ひとまず》電車で雷門まで往《ゆ》くと、丁度折好く来合せたのは寺島玉の井としてある乗合自動車である。

吾妻橋《あづまばし》をわたり、広い道を左に折れて源森橋《げんもりばし》をわたり、真直に秋葉神社の前を過ぎて、また姑《しばら》く行くと車は線路の踏切でとまった。踏切の両側には柵《さく》を前にして円タクや自転車が幾輛となく、貨物列車のゆるゆる通り過るのを待っていたが、歩く人は案外少く、貧家の子供が幾組となく群をなして遊んでいる。降りて見ると、白鬚橋から亀井戸の方へ走る広い道が十文字に交錯している。ところどころ草の生えた空地があるのと、家並が低いのとで、どの道も見分のつかぬほど同じように見え、行先はどこへ続くのやら、何となく物淋しい気がする。

わたくしは種田先生が家族を棄てて世を忍ぶ処を、この辺の裏町にして置いたら、玉の井の盛場も程近いので、結末の趣向をつけるにも都合がよかろうと考え、一町ほど歩いて狭い横道へ曲って見た。自転車も小脇に荷物をつけたものは、摺《す》れちがう事が出来ないくらいな狭い道で、五六歩行くごとに曲っているが、両側とも割合に小綺麗な耳門《くぐりもん》のある借家が並んでいて、勤先からの帰りとも見える洋服の男や女が一人二人ずつ前後して歩いて行く。遊んでいる犬を見ても首環に鑑札がつけてあって、左程汚らしくもない。忽にして東武鉄道玉の井停車場の横手に出た。

線路の左右に樹木の鬱然と生茂《おいしげ》った広大な別荘らしいものがある。吾妻橋からここに来るまで、このように老樹の茂林《もりん》をなした処は一箇所もない。いずれも久しく手入をしないと見えて、匐《は》いのぼる蔓草《つるくさ》の重さに、竹藪の竹の低くしなっているさまや、溝際《どぶぎわ》の生垣に夕顔の咲いたのが、いかにも風雅に思われてわたくしの歩みを引止《ひきとど》めた。

むかし白鬚さまのあたりが寺島村だという話をきくと、われわれはすぐに五代目菊五郎の別荘を思出したものであるが、今日たまたまこの処にこのような庭園が残ったのを目にすると、そぞろに過ぎ去った時代の文雅を思起さずには居られない。

線路に沿うて売貸地の札を立てた広い草原が鉄橋のかかった土手際に達している。去年頃まで京成電車の往復していた線路の跡で、崩れかかった石段の上には取払われた玉の井停車場の跡が雑草に蔽《おお》われて、此方《こなた》から見ると城址《しろあと》のような趣をなしている。

わたくしは夏草をわけて土手に登って見た。眼の下には遮《さえぎ》るものもなく、今歩いて来た道と空地と新開の町とが低く見渡されるが、土手の向側は、トタン葺《ぶき》の陋屋《ろうおく》が秩序もなく、端《はて》しもなく、ごたごたに建て込んだ間から湯屋の烟突《えんとつ》が屹立《きつりつ》して、その頂きに七八日《なようか》頃の夕月が懸っている。空の一方には夕栄《ゆうばえ》の色が薄く残っていながら、月の色には早くも夜らしい輝きができ、トタン葺の屋根の間々からはネオンサインの光と共にラディオの響が聞え初める。

わたくしは脚下《あしもと》の暗くなるまで石の上に腰をかけていたが、土手下の窓々にも灯がついて、むさくるしい二階の内《なか》がすっかり見下されるようになったので、草の間に残った人の足跡を辿って土手を降りた。すると意外にも、其処はもう玉の井の盛場を斜に貫く繁華な横町の半程《なかほど》で、ごたごた建て連った商店の間の路地口には「ぬけられます」とか、「安全通路」とか、「京成バス近道」とか、或は「オトメ街」或は「賑本通《にぎわいほんどおり》」など書いた灯がついている。

大分その辺を歩いた後、わたくしは郵便箱の立っている路地口の煙草屋で、煙草を買い、五円札の剰銭《つり》を待っていた時である。突然、「降ってくるよ。」と叫びながら、白い上ッ張を着た男が向側のおでん屋らしい暖簾のかげに馳《か》け込むのを見た。つづいて割烹着の女や通りがかりの人がばたばた馳け出す。あたりが俄に物気立《ものけだ》つかと見る間もなく、吹落る疾風に葭簀《よしず》や何かの倒れる音がして、紙屑と塵芥《ごみ》とが物の怪《け》のように道の上を走って行く。やがて稲妻が鋭く閃き、ゆるやかな雷《らい》の響につれて、ポツリポツリと大きな雨の粒が落ちて来た。あれほど好く晴れた夕方の天気はいつの間にか変ってしまったのである。

わたくしは多年の習慣で、傘を持たずに門を出ることは滅多にない。いくら晴れていても入梅中のことなので、其日も無論傘と風呂敷とだけは手にしていたから、さして驚きもせず、静にひろげる傘の下から空と町のさまとを見ながら歩きかけると、いきなり後方《うしろ》から、「檀那、そこまで入れてってよ。」といいさま、傘の下に真白な首を突込んだ女がある。油の匂で結ったばかりと知られる大きな潰《つぶ》し島田には長目に切った銀糸《ぎんし》をかけている。わたくしは今方通りがかりに硝子戸を明け放した女髪結の店のあった事を思出した。

吹き荒れる風と雨とに、結立《ゆいたて》の髷《まげ》にかけた銀糸の乱れるのが、いたいたしく見えたので、わたくしは傘をさし出して、「洋服だからわたしは濡れても平気だ。貸して上げるよ。」

実は店つづきの明い燈火に、流石のわたくしも相合傘には少しく恐縮したのである。「すみません。すぐそこです。」と女は傘の柄につかまり、片手に浴衣の裾を思うさままくり上げた。

三

またぴかりと閃めき、ごろごろと鳴ると、女はわざとらしく「あら」と叫び、一歩《ひとあし》後《おく》れて歩こうとするわたくしの手を取り、「早くよ。あなた。」ともう馴れ馴れしい調子である。

「いいから先へお出で。ついて行くから。」

路地へ這入ると、女は曲るたび毎に、迷わぬようにわたくしの方に振返りながら、やがて溝《どぶ》にかかった小橋をわたり、軒並一帯に葭簀の日蔽《ひおい》をかけた家の前に立留った。

「あら、あなた。大変に濡れちまったわ。」と傘をつぼめ、自分のものよりも先に掌《てのひら》でわたくしの着物の雫を払う。

「ここがお前の家《うち》か。」

「拭いて上げるから、寄っていらっしゃい。」

「洋服だからいいよ。」

「拭いて上げるっていうのにさ。わたしだってお礼がしたいわよ。」

「どんな御礼だ。」

「だから、まアお這入りなさい。」

雷《かみなり》の音は少し遠くなったが、雨は却て礫《つぶて》を打つように一層激しく降りそそいで来た。軒先に掛けた日蔽の下に居ても跳上《はねあが》る飛沫《しぶき》の烈しさに、わたくしは兎や角言う暇《いとま》もなく内へ這入った。

荒い大阪格子を立てた中仕切へ、鈴のついたリボンの簾が下げてある。其下の上框に腰をかけて靴を抜ぐ中《うち》に女は雑巾で足をふき、端折《はしお》った裾もおろさず下座敷の電燈をひねり、

「誰もいないから、お上んなさい。」

「お前一人か。」

「ええ。昨夜《ゆうべ》まで、もう一人居たのよ。住替《すみかえ》に行ったのよ。」

「お前さんが御主人かい。」

「いいえ。御主人は別の家《うち》よ。玉の井館って云う寄席があるでしょう。その裏に住宅《すまい》があるのよ。毎晩十二時になると帳面を見にくるわ。」

「じゃア気楽だね。」わたくしはすすめられるがまま長火鉢の側《そば》に坐り、立膝して茶を入れる女の様子を見やった。

年は二十四五にはなっているであろう。なかなかいい容貌《きりょう》である。鼻筋の通った円顔は白粉焼《おしろいやけ》がしているが、結立の島田の生際《はえぎわ》もまだ抜上《ぬけあが》ってはいない。黒目勝の眼の中も曇っていず脣や歯ぐきの血色を見ても、其健康はまださして破壊されても居ないように思われた。

「この辺は井戸か水道か。」とわたくしは茶を飲む前に何気なく尋ねた。井戸の水だと答えたら、茶は飲む振りをして置く用意である。

わたくしは花柳病よりも寧チブスのような急激な伝染病を恐れている。肉体的よりも夙《はや》くから精神的廢人になったわたくしの身には、花柳病の如き病勢の緩漫なものは、老後の今日、さして気にはならない。

「顔でも洗うの。水道なら其処にあるわ。」と女の調子は極めて気軽である。

「うむ。後でいい。」

「上着だけおぬぎなさい。ほんとに随分濡れたわね。」

「ひどく降ってるな。」

「わたし雷さまより光るのがいやなの。これじゃお湯にも行けやしない。あなた。まだいいでしょう。わたし顔だけ洗って御化粧《おしまい》してしまうから。」

女は口をゆがめて、懐紙で生際の油をふきながら、中仕切の外の壁に取りつけた洗面器の前に立った。リボンの簾越しに、両肌《りょうはだ》をぬぎ、折りかがんで顔を洗う姿が見える。肌は顔よりもずっと色が白く、乳房の形で、まだ子供を持った事はないらしい。

「何だか檀那になったようだな。こうしていると。箪笥はあるし、茶棚はあるし……。」

「あけて御覧なさい。お芋か何かある筈よ。」

「よく片づいているな。感心だ。火鉢の中なんぞ。」

「毎朝、掃除だけはちゃんとしますもの。わたし、こんな処にいるけれど、世帯持は上手なのよ。」

「長くいるのかい。」

「まだ一年と、ちょっと……。」

「この土地が初めてじゃないんだろう。芸者でもしていたのかい。」

汲《く》みかえる水の音に、わたくしの言うことが聞えなかったのか、又は聞えない振りをしたのか、女は何とも答えず、肌ぬぎのまま、鏡台の前に坐り毛筋棒《けすじぼう》で鬢《びん》を上げ、肩の方から白粉をつけ初める。

「どこに出ていたんだ。こればかりは隠せるものじゃない。」

「そう……でも東京じゃないわ。」

「東京のいまわりか。」

「いいえ。ずっと遠く……。」

「じゃ、満洲……。」

「宇都の宮にいたの。着物もみんなその時分のよ。これで沢山だわねえ。」と言いながら立上って、衣紋竹《えもんだけ》に掛けた裾模様の単衣《ひとえ》物に着かえ、赤い弁慶縞の伊達締《だてじめ》を大きく前で結ぶ様子は、少し大き過る潰島田の銀糸とつりあって、わたくしの目にはどうやら明治年間の娼妓のように見えた。女は衣紋を直しながらわたくしの側に坐り、茶ぶ台の上からバットを取り、

「縁起だから御祝儀だけつけて下さいね。」と火をつけた一本を差出す。

わたくしはまんざら此の土地の遊び方を知らないのでもなかったので、

「五十銭だね。おぶ代《だい》は。」

「ええ。それはおきまりの御規則通りだわ。」と笑いながら出した手の平を引込まさず、そのまま差伸している。

「じゃ、一時間ときめよう。」

「すみませんね。ほんとうに。」

「その代り。」と差出している手を取って引寄せ、耳元に囁くと、

「知らないわよ。」と女は目を見張って睨返《にらみかえ》し、「馬鹿。」と言いさまわたくしの肩を撲《う》った。

為永春水の小説を読んだ人は、作者が叙事のところどころに自家弁護の文を挟《さしはさ》んでいることを知っているであろう。初恋の娘が恥しさを忘れて思う男に寄添うような情景を書いた時には、その後で、読者はこの娘がこの場合の様子や言葉使のみを見て、淫奔娘《いたずらもの》だと断定してはならない。深窓の女《じょ》も意中を打明ける場合には芸者も及ばぬ艶《なま》めかしい様子になることがある。また、既に里馴れた遊女が偶然幼馴染の男にめぐり会うところを写した時には、商売人《くろうと》でも斯《こ》う云う時には娘のようにもじもじするもので、これはこの道の経験に富んだ人達の皆承知しているところで、作者の観察の至らないわけではないのだから、そのつもりでお読みなさいと云うような事が書添えられている。

わたくしは春水に倣って、ここに剰語を加える。読者は初めて路傍で逢った此女《このおんな》が、わたくしを遇する態度の馴々し過るのを怪しむかも知れない。然しこれは実地の遭遇を潤色せずに、そのまま記述したのに過ぎない。何の作意も無いのである。驟《しゅう》雨《う》雷鳴から事件の起ったのを見て、これ亦作者常套の筆法だと笑う人もあるだろうが、わたくしは之を慮《おもんぱか》るがために、わざわざ事を他に設けることを欲しない。夕立が手引をした此夜の出来事が、全く伝統的に、お誂《あつらい》通りであったのを、わたくしは却て面白く思い、実はそれが書いて見たいために、この一篇に筆を執り初めたわけである。

一体、この盛場の女は七八百人と数えられているそうであるが、その中に、島田や丸髷に結っているものは、十人に一人くらい。大体は女給まがいの日本風と、ダンサア好みの洋装とである。雨宿《あまやどり》をした家の女が極く少数の旧風に属していた事も、どうやら陳腐の筆法に適当しているような心持がして、わたくしは事実の描写を傷《きずつ》けるに忍びなかった。

雨は歇《や》まない。

初め家《うち》へ上った時には、少し声を高くしなければ話が聞きとれない程の降り方であったが、今では戸口へ吹きつける風の音も雷の響も歇んで、亜鉛葺《とたんぶき》の屋根を撲つ雨の音と、雨だれの落ちる声ばかりになっている。路地には久しく人の声も跫音《あしおと》も途絶えていたが、突然、

「アラアラ大変だ。きいちゃん。鰌《どじょう》が泳いでるよ。」という黄いろい声につれて下駄の音がしだした。

女はつと立ってリボンの間から土間の方を覗き、「家は大丈夫だ。溝《どぶ》があふれると、

此方《こっち》まで水が流れてくるんですよ。」

「少しは小降りになったようだな。」

「宵の口に降るとお天気になっても駄目なのよ。だから、ゆっくりしていらっしゃい。わたし、今の中《うち》に御飯たべてしまうから。」

女は茶棚の中から沢庵漬《たくあんづけ》を山盛りにした小皿と、茶漬茶碗と、それからアルミの小鍋を出して、鳥渡《ちょっと》蓋《ふた》をあけて匂をかぎ、長火鉢の上に載せるのを、何かと見れば薩摩芋の煮たのである。

「忘れていた。いいものがある。」とわたくしは京橋で乗換の電車を待っていた時、浅草苔《のり》を買ったことを思い出して、それを出した。

「奥さんのお土産。」

「おれは一人なんだよ。食べるものは自分で買わなけれア。」

「アパートで彼女と御一緒。ほほほほほ。」

「それなら、今時分うろついちゃア居られない。雨でも雷でも、かまわず帰るさ。」

「そうねえ。」と女はいかにも尤だと云うような顔をして暖くなりかけたお鍋の蓋を取り、「一緒にどう。」

「もうたべた。」

「じゃア。あなたは向《むこう》をむいて居らっしゃい。」

「御飯は自分で炊くのかい。」

「住宅《すまい》の方から、お昼と夜の十二時に持って来てくれるのよ。」

「お茶を入れ直そうかね。お湯がぬるい。」

「あら。はばかりさま。ねえ、あなた。話をしながら御飯をたべるのは楽しみなものね。」

「一人ッきりの、すっぽり飯はいやだな。」

「全くよ。じゃア、ほんとにお一人。かわいそうねえ。」

「察しておくれだろう。」

「いいの、さがして上げるわ。」

女は茶漬を二杯ばかり。何やらはしゃいだ調子で、ちゃらちゃらと茶碗の中で箸をゆすぎ、さも急《いそが》しそうに皿小鉢を手早く茶棚にしまいながらも、顎《おとがい》を動して込上げる沢庵漬のおくびを押えつけている。

戸外《そと》には人の足音と共に「ちょいとちょいと」と呼ぶ声が聞え出した。

「歇んだようだ。また近い中に出て来よう。」

「きっと入《い》らっしゃいね。昼間でも居ます。」

女はわたくしが上着をきかけるのを見て、後へ廻り襟を折返しながら肩越しに頰を摺《すりつ》付けて、「きっとよ。」

「何て云う家《うち》だ。ここは。」

「今、名刺あげるわ。」

靴をはいている間《あいだ》に、女は小窓の下に置いた物の中から三味線のバチの形に切った名刺を出してくれた。見ると寺島町七丁目六十一番地（二部）安藤まさ方雪子。

「さよなら。」

「まっすぐにお帰んなさい。」

四

小説「失踪」の一節

吾妻橋のまん中ごろと覚しい欄干に身を倚《よ》せ、種田順平は松屋の時計を眺めては来かかる人影に気をつけている。女給のすみ子が店をしまってからわざわざ廻り道をして来るのを待合《まちあわ》しているのである。

橋の上には円タクの外《ほか》電車もバスももう通っていなかったが、二三日前から俄《にわか》の暑さに、シャツ一枚で涼んでいるものもあり、包をかかえて帰りをいそぐ女給らしい女の往き来もまだ途絶えずにいる。種田は今夜すみ子の泊っているアパートに行き、それからゆっくり行末の目当を定めるつもりなので、行った先で、女がどうなるものやら、そんな事は更に考えもせず、又考える余裕もない。唯今日《こんにち》まで二十年の間家族のために一生を犠牲にしてしまった事が、いかにもにがにがしく、腹が立ってならないのであった。

「お待ちどうさま。」思ったより早くすみ子は小走りにかけて来た。「いつでも、駒形橋をわたって行くんですよ。だけれど、兼子さんと一緒だから。あの子、口がうるさいからね。」

「もう電車はなくなったようだぜ。」

「歩いたって、停留場三つぐらいだわ。その辺から円タクに乗りましょう。」

「明いた部屋があればいいが。」

「無かったら今夜一晩ぐらい、わたしのとこへお泊んなさい。」

「いいのか、大丈夫か。」

「何がさ。」

「いつか新聞に出ていたじゃないか。アパートでつかまった話が……。」

「場所によるんだわ。きっと。わたしの処なんか自由なもんよ。お隣も向側もみんな女給さんかお妾さんよ。お隣りなんか、いろいろな人が来るらしいわ。」

橋を渡り終らぬ中に流しの円タクが秋葉神社の前まで三十銭で行く事を承知した。

「すっかり変ってしまったな。電車はどこまで行くんだ。」

「向嶋の終点。秋葉さまの前よ。バスなら真直に玉の井まで行くわ。」

「玉の井―こんな方角だったかね。」

「御存じ。」

「たった一度見物に行った。五六年前だ。」

「賑《にぎやか》よ。毎晩夜店が出るし、原っぱに見世物もかかるわ。」

「そうか。」

種田は通過《とおりすぎ》る道の両側を眺めている中、自動車は早くも秋葉神社の前に来た。すみ子は戸の引手を動しながら、

「ここでいいわ。はい。」と賃銭をわたし、「そこから曲りましょう。あっちは交番があるから。」

神社の石垣について曲ると片側は花柳界の灯《あかり》がつづいている横町の突当り。俄に暗い空地の一隅に、吾妻アパートという灯が、セメント造りの四角な家の前面を照して

いる。すみ子は引戸をあけて内《なか》に入り、室の番号をしるした下駄箱に草履をしまうので、種田も同じように履物を取り上げると、

「二階へ持って行きます。目につくから。」とすみ子は自分のスリッパーを男にはかせ、その下駄を手にさげて正面の階段を先に立って上る。

外側の壁や窓は西洋風に見えるが、内は柱の細い日本造りで、ぎしぎし音のする階段を上り切った廊下の角に炊事場があって、シュミイズ一枚の女が、断髪を振乱したまま薬鑵《やかん》に湯をわかしていた。

「今晩。」とすみ子は軽く挨拶をして右側のはずれから二番目の扉を鍵であけた。

畳のよごれた六畳ほどの部屋で、一方は押入、一方の壁際には箪笥、他の壁には浴衣やボイルの寝間着がぶら下げてある。すみ子は窓を明けて、「ここが涼しいわ。」と腰巻や足袋の下っている窓の下に座布団を敷いた。

「一人でこうしていれば全く気楽だな。結婚なんか全く馬鹿らしくなるわけだな。」

「家《うち》ではしょっちゅう帰って来いって云うのよ。だけれど、もう駄目ねえ。」

「僕ももう少し早く覚醒すればよかったのだ。今じゃもう晩《おそ》い。」と種田は腰巻の干してある窓越しに空の方を眺めたが、思出したように、「明間《あきま》があるか、きいてくれないか。」

すみ子は茶を入れるつもりと見えて、湯わかしを持ち、廊下へ出て何やら女同士で話をしていたが、すぐ戻って来て、

「向《むこう》の突当りが明いているそうです。だけれど今夜は事務所のおばさんが居ないんですとさ。」

「じゃ、借りるわけには行かないな。今夜は。」

「一晩や二晩、ここでもいいじゃないの。あんたさえ構わなければ。」

「おれはいいが。あんたはどうする。」と種田は眼を円くした。

「わたし。此処に寝るわ。お隣りの君ちゃんのとこへ行ってもいいのよ。彼氏が来ていなければ。」

「あんたの処《とこ》は誰も来ないのか。」

「ええ。今のところ。だから構わないのよ。だけれど、先生を誘惑してもわるいでしょう。」

種田は笑いたいような、情ないような一種妙な顔をしたまま何とも言わない。

「立派な奥さんもお嬢さんもいらっしゃるんだし……。」

「いや、あんなもの。晩蒔《おそまき》でもこれから新生涯に入るんだ。」

「別居なさるの。」

「うむ。別居。むしろ離別さ。」

「だって、そうはいかないでしょう。なかなか。」

「だから、考えているんだ。乱暴でも何でもかまわない。一時姿を晦(くら)すんだな。そうすれば決裂の糸口がつくだろうと思うんだ。すみ子さん。明部屋のはなしが付かなければ、迷惑をかけても済まないから、僕は今夜だけ何処かで泊ろう。玉の井でも見物しよう。」

「先生。わたしもお話したいことがあるのよ。どうしようかと思って困っている事があるのよ。今夜は寝ないで話をして下さらない。」

「この頃はじき夜があけるからね。」

「このあいだ横浜までドライブしたら、帰り道には明くなったわ。」

「あんたの身上話は、初めッから聞いたら、女中で僕の家《いえ》へ来るまででも大変なものだろう。それから女給になってから、まだ先があるんだからな。」

「一晩じゃ足りないかも知れないわね。」

「全く……ははははは。」

一時寂《ひとしきりしん》としていた二階のどこやらから、男女の話声が聞え出した。炊事場では又しても水の音がしている。すみ子は真実夜通し話をするつもりと見えて、帯だけ解い

て丁寧に畳み、足袋を其上に載せて押入にしまい、それから茶ぶ台の上を拭直《ふきなお》して茶を入れながら、

「わたしのこうなった訳、先生は何だと思って。」

「さア、やっぱり都会のあこがれだと思うんだが、そうじゃないのか。」

「それも無論そうだけれど、それよりか、わたしの父の商売がとてもいやだったの。」

「何だね。」

「親分とか俠客とかいうんでしょう。兎に角暴力団……。」とすみ子は声を低くした。

五

梅雨があけて暑中になると、近隣の家の戸障子が一斉に明け放されるせいでもあるか、他の時節には聞えなかった物音が俄に耳立ってきこえて来る。物音の中で最もわたくしを苦しめるものは、板塀一枚を隔てた隣家のラディオである。

夕方少し涼しくなるのを待ち、燈下の机に向おうとすると、丁度その頃から亀裂《ひび》の入《い》ったような鋭い物音が湧起《わきおこ》って、九時過ぎてからでなくては歇まない。此の物音の中でも、殊に甚しくわたくしを苦しめるものは西国訛りの政談、浪花節、それから学

生の演劇に類似した朗読に洋楽を取り交ぜたものである。ラディオばかりでは物足らないと見えて、蓄音機の流行唄《はやりうた》を昼夜時間をかまわずやっている家もある。ラディオの物音を避けるために、わたくしは毎年夏になると夕飯もそこそこに、或時は夕飯も外で食うように、六時を合図にして家を出ることにしている。ラディオは家を出れば聞えないというわけではない。道端の人家や商店からは一段烈しい響が放たれているのであるが、電車や自動車の響と混淆して、市街一般の騒音となって聞えるので、書斎に孤坐している時にくらべると、歩いている時の方が却て気にならず、余程楽である。

「失踪」の草稿は梅雨があけると共にラディオに妨げられ、中絶してからもう十日あまりになった。どうやら其儘感興も消え失せてしまいそうである。

今年の夏も、昨年また一昨年と同じように、毎日まだ日の没しない中から家を出るが、実は行くべきところ、歩むべきところが無い。神代帚葉翁《こうじろそうようおう》が生きていた頃には毎夜欠かさぬ銀座の夜涼みも、一夜《いちや》ごとに興味の加《くわわ》るほどであったのが、其人も既に世を去り、街頭の夜色にも、わたくしはもう飽果《あきは》てたような心持になっている。之に加えて、其後銀座通にはうっかり行かれないような事が起った。それは震災前《ぜん》新橋の芸者家に出入していたと云う車夫が今は一見して人殺しでもしたことのありそうな、人相と風体の悪い破落戸《ならずもの》になって、折節《おりふし》尾張町辺を徘徊し、むかし見覚えのあるお客の通るのを見ると無心難題を言いかける事である。

最初黒沢商店の角で五十銭銀貨を恵んだのが却て悪い例となり、恵まれない時は悪声を放つので、人だかりのするのが厭さにまた五十銭やるようになってしまう。此男に酒手《さかて》の無心をされるのはわたくしばかりではあるまいと思って、或晩歎いて四辻の派出所へ連れて行くと、立番の巡査とはとうに馴染になっていて、巡査は面倒臭さに取り合ってくれる様子をも見せなかった。出雲町……イヤ七丁目の交番でも、或日巡査と笑いながら話をしているのを見た。巡査の眼にはわたくしなどより此男の方が却て素性が知れているのかも知れない。

わたくしは散策の方面を河の東に替えあの溝際の家をたずねて憩《やす》むことにした。

四五日つづけて同じ道を往復すると、麻布からの遠道も初めに比べると、だんだん苦にならないようになる。京橋と雷門との乗替も、習慣になると意識よりも身体の方が先に動いてくれるので、さほど煩しいとも思わないように成る。乗客の雑沓する時間や線路が、日によって違うことも明になるので、之を避けさえすれば、遠道だけにゆっくり本を読みながら行くことも出来るようになる。

電車の内での読書は、大正九年の頃老眼鏡を掛けるようになってから全く廃せられていたが、雷門までの遠道を往復するようになって再び之を行うことにした。然し新聞も雑誌も新刊書も、手にする習慣がないので、わたくしは初めての出掛けには、手に触れるがまま依田学海《よだがくかい》の墨水二十四景記を携えて行った。

長堤蜿蜒。経二三囲祠一稍成二彎状一。至二長命寺一。一折為二桜樹最多処一。寛永中徳川大猷公放二鷹於一此。会腹痛。飲二寺井一而癒。曰。是長命水也。因名二其井一。並及二寺号一。後有二芭蕉居士賞レ雪佳句一。鱠二炙人口一。嗚呼公絶代豪傑。其名震レ世。宜矣。居士不二過一布衣一。同伝レ於レ後。蓋人在下所二樹立一何如上耳。

古人の文は目前の景に対して幾分の興を添えるだろうと思ったからである。

わたくしは三日目ぐらいには散歩の途すがら食料品を買わねばならない。わたくしは其ついでに、女に贈る土産物をも買った。此事が往訪すること僅に四五回にして、二重の効果を収めた。

いつも鑵詰ばかり買うのみならず、ボタンの取れたシャツや上着を着ているのを見て、女はいよいよわたくしをアパート住いの独者《ひとりもの》と推定したのである。独身ならば毎夜のように遊びに来ても一向不審はないと云う事になる。ラディオのために家に居られないと思う筈もなかろうし、又芝居や活動を見ないので、時間を空費するところがない。行く処がないので来る人だとも思う筈がない。この事は言訳をせずとも自然にうまく行ったが、金の出処について疑いをかけられはしまいかと、場所柄だけに、わたくしはそれとなく質問した。すると女は其晩払うものさえ払ってくれれば、他の事はてんで考えてもいないと云う様子で、

「こんな処《とこ》でも、遣う人は随分遣うわよ。まる一ト月居続けしたお客があったわ。」

「へえ。」とわたくしは驚き、「警察へ届けなくってもいいのか。吉原なんかだとじき届けると云う話じゃないか。」

「この土地でも、家《うち》によっちゃアするかも知れないわ。」

「居続したお客は何だった。泥棒か。」

「呉服屋さんだったわ。とうとう店の檀那が来て連れて行ったわ。」

「勘定の持逃げだね。」

「そうでしょう。」

「おれは大丈夫だよ。其方は。」と言ったが、女はどちらでも構わないという顔をして聞返しもしなかった。

然しわたくしの職業については、女の方ではとうから勝手に取りきめているらしい

事がわかって来た。

二階の襖に半紙四ツ切程の大きさに複刻した浮世絵の美人画が張交《はりまぜ》にしてある。その中には歌麻呂の鮑《あわび》取り、豊信《とよのぶ》の入浴美女など、曽てわたくしが雑誌此花《このはな》の挿絵で見覚えているものもあった。北斎の三冊本、福徳和合人の中から、男の姿を取り去り、女の方ばかりを残したものもあったので、わたくしは委《くわ》しくこの書の説明をした。それから又、女がお客と共に二階へ上っている間、わたくしは下の一間で手帳へ何か書いていたのを、ちらと見て、てっきり秘密の出版を業とする男だと思ったらしく、こん度来る時そういう本を一冊持って来てくれと言出した。

家には二三十年前に集めたものの残りがあったので、請われるまま三四冊一度に持って行った。ここに至って、わたくしの職業は言わず語らず、それと決められたのみならず、悪銭の出処もおのずから明瞭になったらしい。すると女の態度は一層打解けて、全く客扱いをしないようになった。

日蔭に住む女達が世を忍ぶ後暗い男に対する時、恐れもせず嫌いもせず、必ず親密と愛憐との心を起す事は、夥多《かた》の実例に徴して深く説明するにも及ぶまい。鴨川の芸妓は幕吏に追われる志士を救い、寒駅の酌婦は関所破りの博徒に旅費を恵むことを辞さなかった。トスカは逃竄《とうざん》の貧士に食を与え、三千歳《みちとせ》は無頼漢に恋愛の真情を捧げて悔いなかった。

此《こ》に於てわたくしの憂慮するところは、この町の附近、若しくは東武電車の中などで、文学者と新聞記者とに出会わぬようにする事だけである。この他《た》の人達には何処で会おうと、後をつけられようと、一向に差閊《さしつかえ》はない。謹厳な人達からは三十年前から既に見限られた身体である。親類の子供もわたくしの家には寄りつかないようになっているから、今では結局憚《はばか》るものはない。独《ひとり》恐る可《べ》きは操觚《そうこ》の士である。十余年前銀座の表通に頻にカフエーが出来はじめた頃、ここに酔を買った事から、新聞と云う新聞は挙《こぞ》ってわたくしを筆誅した。昭和四年の四月「文藝春秋」という雑誌は、世に「生存させて置いてはならない」人間としてわたくしを攻撃した。其文中には「処女誘拐」というが如き文字をも使用した所を見るとわたくしを陥れて犯法の罪人たらしめようとしたものかも知れない。彼等はわたくしが夜窃《ひそか》に墨水をわたって東に遊ぶ事を探知したなら、更に何事を企図するか測りがたい。これ真に恐る可きである。

毎夜電車の乗降りのみならず、かの里へ入込んでからも、夜店の賑う表通は言うまでもない。路地の小径も人の多い時には、前後左右に気を配って歩かなければならない。この心持は「失踪」の主人公種田順平が世をしのぶ境遇を描写するには必須《ひっしゅ》の実験であろう。

六

わたくしの忍んで通う溝際《どぶきわ》の家が寺島町七丁目六十何番地に在ることは既に識《しる》した。この番地のあたりはこの盛場では西北の隅に寄ったところで、目貫《めぬき》の場所ではない。仮に之を北里に譬えて見たら、京町一丁目も西河岸《がし》に近いはずれとでも言うべきものであろう。聞いたばかりの話だから、鳥渡通《ちょっとつう》めかして此盛場の沿革を述べようか。大正七八年の頃、浅草観音堂裏手の境内が狭められ、広い道路が開かれるに際して、むかしから其辺に櫛比《しっぴ》していた楊弓場《ようきゅうば》銘酒屋のたぐいが悉く取払いを命ぜられ、現在でも京成バスの往復している大正道路の両側に処定めず店を移した。つづいて伝法院の横手や江川玉乗りの裏あたりからも追われて来るものが引きも切らず、大正道路は殆《ほとんど》軒並銘酒屋になってしまい、通行人は白昼でも袖を引かれ帽子を奪われるようになったので、警察署の取締りが厳しくなり、車の通る表通から路地の内へと引込ませられた。浅草の旧地では凌雲閣《りょううんかく》の裏手から公園の北側千束町の路地に在ったものが、手を尽して居残りの策を講じていたが、それも大正十二年の震災のために中絶し、一時悉くこの方面へ逃げて来た。市街再建の後西見番《にしけんばん》と称する芸妓家組合をつくり転業したものもあったが、この土地の繁栄はますます盛になり遂に今日の如き半ば永久的な状況を呈するに至った。初め市中との交通は白鬚橋《しらひげはし》の方面一筋だけであったので、去年京成電車が運転を廃止する頃までは其停留場に近いところが一番賑《にぎやか》であった。

然るに昭和五年の春都市復興祭の執行せられた頃、吾妻橋から寺島町に至る一直線の道路が開かれ、市内電車は秋葉神社まで、市営バスの往復は更に延長して寺島町七丁目のはずれに車庫を設けるようになった。それと共に東武鉄道会社が盛場の西南に玉の井駅を設け、夜も十二時まで雷門から六銭で人を載せて来るに及び、町の形勢は裏と表と、全く一変するようになった。今まで一番わかりにくかった路地が、一番入り易くなった代り、以前目貫といわれた処が、今では端《はず》れになったのであるがそれでも銀行、郵便局、湯屋、寄席、活動写真館、玉の井稲荷の如きは、いずれも其儘大正道路に残っていて、俚俗《りぞく》広小路、又は改正道路と呼ばれる新しい道には、円タクの輻《ふく》輳《そう》と、夜店の賑いとを見るばかりで、巡査の派出所も共同便所もない。このような辺鄙な新開町に在ってすら、時勢に伴う盛衰の変は免れないのであった。況《いわん》や人の一生に於いてをや。

わたくしがふと心易くなった溝際の家……お雪という女の住む家が、この土地では大正開拓期の盛時を想起させる一隅に在ったのも、わたくしの如き時運に取り残された身には、何やら深い因縁があったように思われる。其家は大正道路から唯《と》ある路地に入り、汚れた幟の立っている伏見稲荷の前を過ぎ、溝に沿うて、猶奥深く入り込んだ処に在るので、表通のラディオや蓄音機の響も素見客《ひやかしきゃく》の足音に消されてよくは聞えない。夏の夜、わたくしがラディオのひびきを避けるにはこれほど適した安息処は他にはあるまい。

一体この盛場では、組合の規則で女が窓に坐る午後四時から蓄音機やラディオを禁じ、また三味線をも弾かせないと云う事で。雨のしとしとと降る晩など、ふけるにつれて、ちょいとちょいとの声も途絶えがちになると、家の内外に群り鳴く蚊の声が耳立って、いかにも場末の裏町らしい侘《わび》しさが感じられて来る。それも昭和現代の陋巷ではなくして、鶴屋南北の狂言などから感じられる過去の世の裏淋しい情味である。

いつも島田か丸髷《まるまげ》にしか結っていないお雪の姿と、溝の汚さと、蚊の鳴声《なくこえ》とはわたくしの感覚を著しく刺戟し、三四十年むかしに消え去った過去の幻影を再現させてくれるのである。わたくしはこの果敢なくも怪し気なる幻影の紹介者に対して出来得ることならあからさまに感謝の言葉を述べたい。お雪さんは南北の狂言を演じる俳優よりも、蘭蝶《らんちょう》を語る鶴賀なにがしよりも、過去を呼返す力に於ては一層巧妙なる無言の芸術家であった。

わたくしはお雪さんが飯櫃《おはち》を抱きかかえるようにして飯をよそい、さらさら音を立てて茶漬を搔込《かきこ》む姿を、あまり明くない電燈の光と、絶えざる溝蚊《どぶか》の声の中にじっと眺めやる時、青春のころ狎《な》れ暱《した》しんだ女達の姿やその住居《すまい》のさまをありありと目の前に思浮べる。わたくしのものばかりでない。友達の女の事までが思出されて来るのである。そのころには男を「彼氏」といい、女を「彼女」とよび、二人の侘住居を「愛の巣」などと云う言葉はまだ作り出されていなかった。馴染の女は「君」でも、「あんた」でもなく、ただ「お前」といえばよかった。亭主は女房を「おッかア」女房は亭主を「ちゃん」と呼ぶものもあった。

溝の蚊の唸る声は今日に在っても隅田川を東に渡って行けば、どうやら三十年のむかしと変りなく、場末の町のわびしさを歌っているのに、東京の言葉はこの十年の間に変れば実に変ったものである。

そのあたり片づけて吊る蚊帳《かちょう》哉《かな》
さらぬだに暑くるしきを木綿蚊帳《もめんがや》

家中《いえじゅう》は秋の西日や溝《どぶ》のふち
わび住みや団扇《うちわ》も折れて秋暑し
蚊帳の穴むすびむすびて九月哉
屑籠《くずかご》の中からも出て鳴く蚊かな
残る蚊をかぞへる壁や雨のしみ
この蚊帳も酒とやならむ暮の秋

これはお雪が住む家の茶の間に、或夜蚊帳が吊ってあったのを見て、ふと思出した旧作の句である。半は亡友啞々《ああ》君が深川長慶寺裏の長屋に親の許さぬ恋人と隠れ住んでいたのを、其折々尋ねて行った時よんだもので、明治四十三四年ごろであったろう。

その夜お雪さんは急に歯が痛くなって、今しがた窓際から引込んで寝たばかりのところだと言いながら蚊帳から這い出したが、坐る場処がないので、わたくしと並んで上框へ腰をかけた。

「いつもより晩《おそ》いじゃないのさ。あんまり、待たせるもんじゃないよ。」

女の言葉遣いはその態度と共に、わたくしの商売が世間を憚るものと推定せられてから、狎昵《こうじつ》の境を越えて寧《むしろ》放濫《ほうらん》に走る嫌いがあった。

「それはすまなかった。虫歯か。」

「急に痛くなったの。目がまわりそうだったわ。腫《は》れてるだろう。」と横顔を見せ、

「あなた。留守番していて下さいな。わたし今の中歯医者へ行って来るから。」

「この近処か。」

「検査場のすぐ手前よ。」

「それじゃ公設市場の方だろう。」

「あなた。方々歩くと見えて、よく知ってるんだね。浮気者。」

「痛い。そう邪慳《じゃけん》にしなさんな。出世前の身体だぜ。」

「じゃ頼むわよ。あんまり待たせるようだったら帰って来るわ。」

「お前待ち待ち蚊帳の外……と云うわけか。仕様がない。」

わたくしは女の言葉遣いがぞんざいになるに従って、それに適応した調子を取るようにしている。これは身分を隠そうが為の手段ではない。処と人とを問わず、わたくしは現代の人と応接する時には、恰《あたかも》外国に行って外国語を操るように、相手と同じ言葉を遣う事にしているからである。「おらが国」と向の人が言ったら此方《こっち》も「おら」を「わたくし」の代りに使う。説話《はなし》は少し余事にわたるが、現代人と交際する時、口語を学ぶことは容易であるが文書の往復になると頗《すこぶる》困難を感じる。殊に女の手紙に

返書を裁する時「わたし」を「あたし」となし、「けれども」を「けど」となし、何事につけても、「必然性」だの「重大性」だのと、性の字をつけて見るのも、冗談半分口先で真似をしている時とはちがって、之を筆にする段になると、実に堪難い嫌悪の情を感じなければならない。恋しきは何事につけても還らぬむかしで、恰もその日、わたくしは虫干をしていた物の中に、柳橋の妓にして、向島小梅の里に囲われていた女の古い手紙を見た。手紙には必ず候文を用いなければならなかった時代なので、その頃の女は、硯を引寄せ筆を秉《と》れば、文字を知らなくとも、おのずから候可く候の調子を思出したものらしい。わたくしは人の嗤笑《ししょう》を顧ず、これをここに録したい。

一筆《ひとふで》申上まいらせ候。その後は御無沙汰いたし何とも申わけ無之《これなく》御免下されたく候。私事これまでの住居《すまい》誠に手ぜまに付この中《じゅう》右のところへしき移り候まま御《おん》知らせ申上候。まことにまことに申上かね候え共、少々お目もじの上申上たき事御ざ候間、なにとぞ御都合なし下されて、あなた様のよろしき折御立より下されたく幾重にも御《おん》待申上候。一日も早く御越しのほど、先《まず》は御めもじの上にてあらあらかしこ。

○○より

竹屋の渡しの下にみやこ湯と申す湯屋あり。八百屋でお聞下さい。天気がよろしく候故御都合にて啞々《ああ》さんもお誘い合され堀切へ参りたくと存候間御しる前からいかがに候や。御たずね申上候。尤この御返事御無用にて候。

文中「ひき移り」を「しき移り」となし、「ひる前」を「しる前」に書き誤っているのは東京下町言葉の訛りである。竹屋の渡しも今は枕橋の渡《わたし》と共に廃せられて其跡もない。我青春の名残を弔うに今は之を那辺《なへん》に探るべきか。

七

わたくしはお雪の出て行った後、半《なかば》おろした古蚊帳の裾に坐って、一人蚊を追いながら、時には長火鉢に埋めた炭火と湯わかしとに気をつけた。いかに暑さの烈しい晩でも、この土地では、お客の上った合図に下から茶を持って行く習慣なので、どの家でも火と湯とを絶した事がない。

「おい。おい。」と小声に呼んで窓を叩くものがある。

わたくしは大方馴染の客であろうと思い、出ようか出まいかと、様子を窺っていると、外の男は窓口から手を差入れ、猿をはずして扉《と》をあけて内へ入った。白っぽい浴衣に兵児帯《へこ》をしめ、田舎臭い円顔に口髯を生して年は五十ばかり。手には風呂敷に包んだものを持っている。わたくしは其様子と其顔立とで、直様《すぐさま》お雪の抱主《かかえぬし》だろうと推察したので、向から言うのを待たず、

「お雪さんは何だか、お医者へ行くって、今おもてで逢いました。」

抱主らしい男は既にその事を知っていたらしく、「もう帰るでしょう。待っていなさい。」と云って、わたくしの居たのを怪しむ風もなく、風呂敷包を解いて、アルミの小鍋を出し茶棚の中へ入れた。夜食の惣菜を持って来たのを見れば、抱主に相違はない。

「お雪さんは、いつも忙しくって結構ですねえ。」

わたくしは挨拶のかわりに何かお世辞を言わなければならないと思って、そう言った。

「何ですか。どうも。」と抱主の方でも返事に困ると云ったような、意味のない事を言って、火鉢の火や湯の加減を見るばかり。面と向ってわたくしの顔さえ見ない。寧ろ対談を避けるというように横を向いているので、わたくしも其儘黙っていた。

こういう家の亭主と遊客との対面は、両方とも甚《はなはだ》気まずいものである。貸座敷、

待合茶屋、芸者家などの亭主と客との間も亦同じことで、此両者の対談する場合は、必ず女を中心にして甚気まずい紛擾《ごたごた》の起った時で、然らざる限り対談の必要が全くないからでもあろう。

いつもお雪が店口で焚く蚊遣香《かやりこう》も、今夜は一度もともされなかったと見え、家中にわめく蚊の群は顔を刺すのみならず、口の中へも飛込もうとするのに土地馴れている笘の主人も、暫く坐っている中我慢がしきれなくなって、中仕切の敷居際に置いた扇風機の引手を捻《ねじ》ったが破《こわ》れていると見えて廻らない。火鉢の抽斗から漸《ようや》く蚊遣香の破片《かけら》を見出した時、二人は思わず安心したように顔を見合せたので、わたくしは之を機会に、

「今年はどこもひどい蚊ですよ。暑さも格別ですがね。」と言うと、

「そうですか。ここはもともと埋地で、碌に地揚《じあげ》もしないのだから。」と主人もしぶしぶ口をきき初めた。

「それでも道がよくなりましたね。第一便利になりましたね。」

「その代り、何かにつけて規則がやかましくなった。」

「二三年前にゃ、通ると帽子なんぞ持って行ったものですね。」

「あれにゃ、わたし達この中の者も困ったんだよ。用があっても通れないからね。女

達にそう言っても、そう一々見張りをしても居られないし、仕方がないから罰金を取るようにしたんだ。店の外へ出てお客をつかまえる処を見つかると罰金を取る。それから公園あたりへ客引を出すのも規則違反にしたんです。」

「何商売も中へ這入って見なくっちゃ様子がわからない。」

遠廻しに土地の事情を聞出そうと思った時、「安藤さん」と男の声で、何やら紙片《かみきれ》を窓に差入れて行った者がある。同時にお雪が帰って来て、その紙を取上げ、猫板の上に置いたのを、偸見《ぬすみみ》すると、謄写摺《とうしゃずり》にした強盗犯人捜索の回状である。

お雪はそんなものには目も触れず、「お父さん、あした抜かなくっちゃいけないって云うのよ。この歯。」と言って、主人の方へ開いた口を向ける。

「じゃア、今夜は食べる物はいらなかったな。」と主人は立ちかけたが、わたくしはわざと見えるように金を出してお雪にわたし、一人先へ立って二階に上った。

二階は窓のある三畳の間に茶ぶ台を置き、次が六畳と四畳半位の二間しかない。一体この家はもと一軒であったのを、表と裏と二軒に仕切ったらしく、下は茶の間の一室きりで台所も裏口もなく、二階は梯子の降口《おりぐち》からつづいて四畳半の壁も紙を張った薄い板一枚なので、裏どなりの物音や話声が手に取るようによく聞える。わたくしは能《よ》く耳を押つけて笑う事があった。

「また、そんなとこ。暑いのにさ。」

上って来たお雪はすぐ窓のある三畳の方へ行って、染模様の剝げたカーテンを片寄せ、「此方《こっち》へおいでよ。いい風だ。アラまた光ってる。」

「さっきより幾らか涼しくなったな、成程いい風だ。」

窓のすぐ下は日蔽《ひおい》の葭簀に遮られているが、溝の向側に並んだ家の二階と、窓口に坐っている女の顔、往ったり来たりする人影、路地一帯の光景は案外遠くの方まで見通すことができる。屋根の上の空は鉛色に重く垂下って、星も見えず、表通のネオンサインに半空《なかぞら》までも薄赤く染められているのが、蒸暑い夜を一層蒸暑くしている。お雪は座布団を取って窓の敷居に載せ、その上に腰をかけて、暫く空の方を見ていたが、

「ねえ、あなた。」と突然わたくしの手を握り、

「わたし、借金を返してしまったら。あなた、おかみさんにしてくれない。」

「おれ見たようなもの。仕様がないじゃないか。」

「ハスになる資格がないって云うの。」

「食わせる事ができなかったら。資格がないね。」

お雪は何とも言わず、路地のはずれに聞え出したヴィオロンの唄につれて、鼻唄をうたいかけたので、わたくしは見るともなく顔を見ようとすると、お雪はそれを避け

るように急に立上り、片手を伸して柱につかまり、乗り出すように半身を外へ突き出した。

「もう十年わかけれア……。」わたくしは茶ぶ台の前に坐って巻煙草に火をつけた。

「あなた。一体いくつなの。」

此方《こなた》へ振向いたお雪の顔を見上ると、いつものように片靨《かたえくぼ》を寄せているので、わたくしは何とも知れず安心したような心持になって、

「もうじき六十さ。」

「お父さん。六十なの。まだ御丈夫。」

「いいえ。」

お雪はしげしげとわたくしの顔を見て、「あなた。まだ四十にゃならないね。三十七か八か知ら。」

「おれはお妾さんに出来た子だから、ほんとの年はわからない。」

「四十にしても若いね。髪の毛なんぞそうは思えないわ。」

「明治三十一年生だね。四十だと。」

「わたしはいくつ位に見えて。」

「二十一二に見えるが、四ぐらいかな。」

「あなた。口がうまいから駄目。二十六だわ。」

「雪ちゃん、お前、宇都の宮で芸者をしていたって言ったね。」

「ええ。」

「どうして、ここへ来たんだ。よくこの土地の事を知っていたね。」

「暫く東京にいたもの。」

「お金のいることがあったのか。」

「そうでもなけれア……。檀那は病気で死んだし、それに少し……。」

「馴れない中は驚いたろう。芸者とはやり方がちがうから。」

「そうでもないわ。初めっから承知で来たんだもの。芸者は掛りまけがして、借金の抜ける時がないもの。それに……身を落すなら稼ぎいい方が結局徳だもの。」

「そこまで考えたのは、全くえらい。一人でそう考えたのか。」

「芸者の時分、お茶屋の女中で知ってる人が、この土地で商売をしていたから、話をきいたのよ。」

「それにしても、えらいよ。年《ねん》があけたら少し自前で稼いで、残せるだけ残すんだね。」

「わたしの年は水商売には向くんだとさ。だけれど行先の事はわからないわ。ネエ。」

じっと顔を見詰められたので、わたくしは再び妙に不安な心持がした。まさかとは思うものの、何だか奥歯に物の挟まっているような心持がして、此度《こんど》はわたくしの方が空の方へでも顔を外《そ》向《む》けたくなった。

表通りのネオンサインが反映する空のはずれには、先程から折々稲妻が閃いていたが、この時急に鋭い光が人の目を射た。然し雷の音らしいものは聞えず、風がぱったり歇《や》んで日の暮の暑さが又むし返されて来たようである。

「いまに夕立が来そうだな。」

「あなた。髪結さんの帰り……もう三月《みつき》になるわネエ。」

わたくしの耳にはこの「三月になるわネエ。」と少し引延ばしたネエの声が何やら遠いむかしを思返すとでも云うように無限の情《じょう》を含んだように聞きなされた。「三月になります。」とか「なるわよ。」とか言切ったら平常《へいじょう》の談話に聞えたのであろうが、ネエと長く引いた声は咏嘆の音《おん》というよりも、寧それとなくわたくしの返事を促す為に遣われたもののようにも思われたので、わたくしは「そう……。」と答えかけた言葉さえ飲み込んでしまって、唯目容《まなざし》で応答をした。

お雪は毎夜路地へ入込む数知れぬ男に応接する身でありながら、どういう訳で初めてわたくしと逢った日の事を忘れずにいるのか、それがわたくしには有り得べからざる事のように考えられた。初ての日を思返すのは、その時の事を心に嬉しく思うが為めと見なければならない。然しわたくしはこの土地の女がわたくしのような老人《としより》に対して、尤も先方ではわたくしの年を四十歳位に見ているが、それにしても、好いた惚れたというような、若《も》しくはそれに似た柔く温《あたたか》な感情を起し得るものとは、夢にも思って居なかった。

わたくしが殆ど毎夜のように足繁く通って来るのは、既に幾度か記述したように、種々《いろいろ》な理由があったからである。創作「失踪」の実地観察。ラディオからの逃走。銀座丸ノ内のような首都枢要の市街に対する嫌悪。其他の理由もあるが、いずれも女に向って語り得べき事ではない。わたくしはお雪の家を夜の散歩の休憩所にしていたに過ぎないのであるが、そうする為には方便として口から出まかせの虚言《うそ》もついた。故意に欺くつもりではないが、最初女の誤り認めた事を訂正もせず、寧ろ興にまかせてその誤認を猶深くするような挙動や話をして、身分を晦《くら》ました。この責だけは免れないかも知れない。

わたくしはこの東京のみならず、西洋に在っても、売笑の巷の外、殆その他の社会を知らないと云ってもよい。其由来はここに述べたくもなく、又述べる必要もあるまい。若しわたくしなる一人物の何者たるかを知りたいと云うような酔興な人があったなら、わたくしが中年のころにつくった対話「昼すぎ」漫筆「妾宅」小説「見果てぬ夢」の如き悪文を一読せられたなら思い半《なかば》に過ぎるものがあろう。とは言うものの、それも文章が拙く、くどくどしくて、全篇をよむには面倒であろうから、ここに「見果てぬ夢」の一節を抜摘しよう。「彼が十年一日の如く花柳界に出入する元気のあったのは、つまり花柳界が不正暗黒の巷である事を熟知していたからで。されば若し世間が放蕩者を以て忠臣孝子の如く賞讃するものであったなら、彼は邸宅を人手に渡してまでも、其称讃の声を聞こうとはしなかったであろう。正当な妻女の偽善的虚栄心、公明なる社会の詐偽的活動に対する義憤は、彼をして最初から不正暗黒として知られた他の一方に馳《は》せ赴《おもむ》かしめた唯一の力であった。つまり彼は真白だと称する壁の上に汚い種々《いろいろ》な汚点《おてん》を見出すよりも、投捨てられた襤褸《らんる》の片《きれ》にも美しい縫取りの残りを発見して喜ぶのだ。正義の宮殿にも往々にして鳥や鼠の糞が落ちていると同じく、悪徳の谷底には美しい人情の花と香《かんば》しい涙の果実が却《かえっ》て沢山に摘み集められる。」

これを読む人は、わたくしが溝の臭気と、蚊の声との中に生活する女達を深く恐れもせず、醜いともせず、むしろ見ぬ前から親しみを覚えていた事だけは推察せられるであろう。

わたくしは彼女達《かのおんなたち》と懇意になるには——少くとも彼女達から敬して遠ざけられな

いためには、現在の身分はかくしている方がよいと思った。彼女達から、こんな処へ来ずともよい身分の人だのに、と思われるのは、わたくしに取ってはいかにも辛い。彼女達の薄倖《はっこう》な生活を芝居でも見るように、上から見下してよろこぶのだと誤解せられるような事は、出来得るかぎり之を避けたいと思った。それには身分を秘するより外はない。

こんな処へ来る人ではないと言われた事については既に実例がある。或夜、改正道路のはずれ、市営バス車庫の辺《ほとり》で、わたくしは巡査に呼止められて尋問せられたことがある。わたくしは文学者だの著述業だのと自分から名乗りを揚げるのも厭《いや》であるし、人からそう思われるのは猶更嫌いであるから、巡査の問に対しては例の如く無職の遊民と答えた。巡査はわたくしの上着を剝取って所持品を改める段になると、平生《へいぜい》夜行の際、不審尋問に遇う時の用心に、印鑑と印鑑証明書と戸籍謄本とが嚢中《のうちゅう》に入れてある。それから紙入には翌日の朝大工と植木屋と古本屋とに払いがあるので、現金四五百円のが入れてあった。巡査は驚いたらしく、俄《にわか》にわたくしの事を資産家とよび、「こんな私娼窟は君見たような資産家の来るところじゃない。早く帰りたまえ、間違いがあるといかんから、来るなら出直して来たまえ。」と云って、わたくしが猶愚図々々しているのを見て、手を挙げて円タクを呼び止め、わざわざ戸を明けてくれた。

わたくしは止むことを得ず自動車に乗り改正道路から環状線を廻り、迷宮《ラビラント》の外廓を一まわりして、伏見稲荷の路地口に近いところで降りた事があった。それ以来、わたくしは地図を買って道を調べ、深夜は交番の前を通らないようにした。

わたくしは今、お雪さんが初めて逢った日の事を詠嘆的な調子で言出したのに対して、答うべき言葉を見付けかね、煙草の烟の中にせめて顔だけでもかくしたい気がしてまたもや巻煙草を取出した。お雪は黒目がちの目でじっと此方《こなた》を見詰めながら、

「あなた。ほんとに能《に》く肖ているわ。あの晩、あたし後姿を見た時、はっと思ったくらい……。」

「そうか。他人のそら肖って、よくある奴さ。」わたくしはまア好かったと云う心持を一生懸命に押隠した。そして、「誰に。死んだ檀那に似ているのか。」

「いいえ。芸者になったばかりの時分……。一緒になれなかったら死のうと思ったの。」

「逆上《のぼ》せきると、誰しも一時はそんな気を起す……。」

「あなたも。あなたなんぞ、そんな気にゃならないでしょう。」

「冷静かね。然し人は見掛によらないもんだからね。そう見くびったもんでもないよ。」

お雪は片靨《かたえくぼ》を寄せて笑顔をつくったばかりで、何とも言わなかった。少し下唇の出た口尻の右側に、おのずと深く穿《うが》たれる片えくぼは、いつもお雪の顔立を娘のようにあどけなくするのであるが、其夜にかぎって、いかにも無理に寄せた靨のように、言い知れず淋しく見えた。わたくしは其場をまぎらす為に、

「また歯がいたくなったのか。」

「いいえ。注射したから、もう何ともない。」

それなり、また話が途絶えた時、幸にも馴染の客らしいものが店口の戸を叩いてくれた。お雪はつと立って窓の外に半身を出し、目かくしの板越しに下を覗き、

「アラ竹さん。お上んなさい。」

馳《か》け降りる後《あと》からわたくしも続いて下り、暫く便所の中に姿をかくし客の上ってしまうのを待って、音のしないように外へ出た。

八

来そうに思われた夕立も来る様子はなく、火種を絶さぬ茶の間の蒸暑さと蚊の群とを恐れて、わたくしは一時外へ出たのであるが、帰るにはまだ少し早いらしいので、

溝づたいに路地を抜け、ここにも板橋のかかっている表の横町に出た。両側に縁日商人《あきうど》が店を並べているので、もともと自動車の通らない道幅は猶更狭くなって、出さかる人は押合いながら歩いている。板橋の右手はすぐ角に馬肉屋のある四辻で。辻の向側には曹洞宗東清寺と刻《こく》した石碑と、玉の井稲荷の鳥居と公衆電話とが立っている。わたくしはお雪の話からこの稲荷の縁日は月の二日と二十日の両日である事や、縁日の晩は外ばかり賑で、路地の中は却て客足が少いところから、窓の女達は貧乏稲荷と呼んでいる事などを思出し、人込みに交って、まだ一度も参詣したことのない祠《やしろ》の方へ行って見た。

今まで書くことを忘れていたが、わたくしは毎夜この盛場へ出掛けるように、心持にも身体にも共々に習慣がつくようになってから、この辺《あたり》の夜店を見歩いている人達の風俗に倣って、出かけには服装を変ることにしていたのである。これは別に手数のかかる事ではない。襟の返る縞のホワイトシャツの襟元のぼたんをはずして襟飾をつけない事、洋服の上着は手に提げて着ない事、帽子はかぶらぬ事、髪の毛は櫛《くし》を入れた事もないように掻乱《かきみだ》して置く事、ズボンは成るべく膝や尻の擦《す》り切れたくらいな古いものに穿替《はきかえ》る事。靴は穿かず、古下駄も踵《かかと》の方が台まで擦りへっているのを捜して穿く事、煙草は必《かならず》バットに限る事、エトセトラエトセトラである。だから訳はない。

つまり書斎に居る時、また来客を迎える時の衣服をぬいで、庭掃除や煤払《すすはらい》の時のものに着替え、下女の古下駄を貰ってはけばよいのだ。古ズボンに古下駄をはき、それに古手拭をさがし出して鉢巻の巻方も至極不意気《ぶいき》にすれば、南は砂町、北は千住から葛西金町辺《かさいかなまちあたり》まで行こうとも、道行く人から振返って顔を見られる気遣いはない。其町に住んでいるものが買物にでも出たように見えるので、安心して路地へでも横町へでも勝手に入り込むことができる。この不様な身なりは、「じだらくに居れば涼しき二階かな。」で、東京の気候の殊に暑さの甚しい季節には最《もっとも》適合している。朦朧《もうろう》円タクの運転手と同じようなこの風をしていれば、道の上と云わず電車の中といわず何処でも好きな処へ唼唾《たんつば》も吐けるし、煙草の吸殻、マッチの燃残り、紙屑、バナナの皮も捨てられる。公園と見ればベンチや芝生へ大の字なりに寝転んで鼾《いびき》をかこうが浪花節を唸ろうが是亦勝手次第なので、啻《ただ》に気候のみならず、東京中の建築物とも調和して、いかにも復興都市の住民らしい心持になることが出来る。

女子がアッパッパと称する下着一枚で戸外に出歩く奇風については、友人佐藤慵斎《ようさい》君の文集に載っている其論に譲って、ここには言うまい。

わたくしは素足に穿き馴れぬ古下駄を突掛けているので、物に躓《つまず》いたり、人に足を踏まれたりして、怪我をしないように気をつけながら、人ごみの中を歩いて向側の路地の突当りにある稲荷に参詣した。ここにも夜店がつづき、祠《ほこら》の横手の稍《やや》広い空地は、植木屋が一面に並べた薔薇《ばら》や百合夏菊などの鉢物に時ならぬ花壇をつくっている。東清寺本堂建立の資金寄附者の姓名が空地の一隅に板塀の如くかけ並べてあるのを見ると、この寺は焼けたのでなければ、玉の井稲荷と同じく他所から移されたものかも知れない。

わたくしは常夏の花一鉢を購《あがな》い、別の路地を抜けて、もと来た大正道路へ出た。すこし行くと右側に交番がある。今夜はこの辺《あたり》の人達と同じような服装をして、植木鉢をも手にしているから大丈夫とは思ったが、避けるに若《し》くはないと、後戻りして、角に酒屋と水菓子屋のある道に曲った。

この道の片側に並んだ商店の後一帯の路地は所謂第一部と名付けられたラビラントで。お雪の家の在る第二部を貫くかの溝は、突然第一部のはずれの道端に現われて、中島屋という暖簾を下げた銭湯の前を流れ、許可地外の真暗な裏長屋の間に行先を没している。わたくしはむかし北廓を取巻いていた鉄漿溝《おはぐろどぶ》より一層不潔に見える此溝も、寺島町がまだ田園であった頃には、水草の花に蜻蛉《とんぼ》のとまっていたような清い小流《こながれ》であったのであろうと、老人《としより》にも似合わない感傷的な心持にならざるを得なかった。

縁日の露店はこの通には出ていない。九州亭というネオンサインを高く輝している支那飯屋の前まで来ると、改正道路を走る自動車の灯《ひ》が見え蓄音機の音が聞える。

植木鉢がなかなか重いので、改正道路の方へは行かず、九州亭の四ッ角から右手に曲ると、この通は、右側にはラビラントの一部と二部、左側には三部の一区劃が伏在している最も繁華な最も狭い道で、呉服屋もあり、婦人用の洋服屋もあり、洋食屋もある。ポストも立っている。お雪が髪結の帰り夕立に遇って、わたくしの傘の下に駈込んだのは、たしかこのポストの前あたりであった。

わたくしの胸底《きょうてい》には先刻お雪が半冗談らしく感情の一端をほのめかした時、わたくしの覚えた不安がまだ消え去らずにいるらしい……わたくしはお雪の履歴については殆ど知るところがない。どこやらで芸者をしていたと言っているが、長唄も清元も知らないらしいので、それも確かだとは思えない。最初の印象で、わたくしは何の拠るところもなく、吉原か洲崎あたりの左程わるくない家にいた女らしい気がしたのが、却て当っているのではなかろうか。

言葉には少しも地方の訛りがないが、其顔立と全身の皮膚の綺麗なことは、東京もしくは東京近在の女でない事を証明しているので、わたくしは遠い地方から東京に移住した人達の間に生れた娘と見ている。性質は快活で、現在の境涯をも深く悲しんではいない。寧この境遇から得た経験を資本《もとで》にして、どうにか身の振方をつけようと考えているだけの元気もあれば才智もあるらしい。男に対する感情も、わたくしの口から出まかせに言う事すら、其まま疑わずに聴き取るところを見ても、まだ全く荒《すさ》みきってしまわない事は確かである。わたくしをして、然《そ》う思わせるだけでも、銀座や上野辺《あたり》の広いカフエーに長年働いている女給などに比較したなら、お雪の如きは正直とも醇朴《じゅんぼく》とも言える。まだまだ真面目な処があるとも言えるであろう。

端無《はしな》くも銀座あたりの女給と窓の女とを比較して、わたくしは後者の猶愛すべく、そして猶共に人情を語る事ができるもののように感じたが、街路の光景についても、わたくしはまた両方を見くらべて、後者の方が浅薄に外観の美を誇らず、見掛倒しでない事から不快の念を覚えさせる事が遥に少ない。路端《みちばた》には同じように屋台店が並んでいるが、ここでは酔漢の三々五々隊をなして歩むこともなく、彼処《かしこ》では珍しからぬ血まみれ喧嘩《けんか》もここでは殆ど見られない。洋服の身なりだけは相応にして居ながら其職業の推察しかねる人相の悪い中年者が、世を憚《はばか》らず肩で風を切り、杖を振り、歌をうたい、通行の女子を罵りつつ歩くのは、銀座の外他の町には見られぬ光景であろう。然るに一たび古下駄に古ズボンをはいて此の場末に来れば、いかなる雑沓の夜でも、銀座の裏通りを行くよりも危険のおそれがなく、あちこちと道を譲る煩しさも亦少いのである。

ポストの立っている賑な小道も呉服屋のあるあたりを明い絶頂にして、それから先は次第にさむしく、米屋、八百屋、蒲鉾《かまぼこ》屋などが目に立って、遂に材木屋の材木が立掛けてあるあたりまで来ると、幾度《いくたび》となく来馴れたわたくしの歩みは、意識を待たず、すぐさま自転車預り所と金物屋との間の路地口に向けられるのである。

この路地の中にはすぐ伏見稲荷の汚れた幟が見えるが、素見《すけん》ぞめきの客は気がつかないらしく、人の出入は他の路地口に比べると至って少ない。これを幸に、わたくしはいつも此路地口から忍び入り、表通の家の裏手に無花果《いちじく》の茂っているのと、溝際《どぶぎわ》の柵《さく》に葡萄《ぶどう》のからんでいるのを、あたりに似合わぬ風景と見返りながら、お雪の家の窓口を覗く事にしているのである。

二階にはまだ客があると見えて、カーテンに灯影《ほかげ》が映り、下の窓はあけたままであった。表のラディオも今しがた歇《や》んだようなので、わたくしは縁日の植木鉢をそっと窓から中に入れて、其夜はそのまま白鬚橋《しらひげばし》の方へ歩みを運んだ。後《うしろ》の方から浅草行の京成バスが走って来たが、わたくしは停留場のある処をよく知らないので、それを求めながら歩きつづけると、幾程もなく行先に橋の燈火のきらめくのを見た。

＊

わたくしはこの夏のはじめに稿を起した小説失踪の一篇を今日に至るまでまだ書き上げずにいるのである。今夜お雪が「三月になるわねえ。」と言ったことから思合せると、起稿の日はそれよりも猶以前であった。草稿の末節は種田順平が貸間の暑さに或夜同宿の女給すみ子を連れ、白髯橋の上で涼みながら、行末の事を語り合うところで終っているので、わたくしは堤を曲らず、まっすぐに橋をわたって欄干に身を倚《よ》せて見た。

最初「失踪」の布局を定める時、わたくしはその年二十四になる女給すみ子と、其年五十一になる種田の二人が手軽く情交を結ぶことにしたのであるが、筆を進めるにつれて、何やら不自然であるような気がし出したため、折からの炎暑と共に、それなり中休みをしていたのである。

然るに今、わたくしは橋の欄干に凭《もた》れ、河しもの公園から音頭踊《おんどおどり》の音楽と歌声との響いて来るのを聞きながら、先程お雪が二階の窓にもたれて「三月になるわネエ。」といった時の語調や様子を思返すと、すみ子と種田との情交は決して不自然ではない。作者が勝手に作り出した脚色として拆《しりぞ》けるにも及ばない。最初の立案を中途で変える方が却てよからぬ結果を齎《もたら》すかも知れないと云う心持にもなって来る。

雷門から円タクを傭って家に帰ると、いつものように顔を洗い髪を掻直した後、すぐさま硯の傍の香炉に香を焚いた。そして中絶した草稿の末節をよみ返して見る。


「あすこに見えるのは、あれは何だ。工場か。」

「瓦斯《がす》会社か何かだわ。あの辺はむかし景色のいいところだったんですってね。小説でよんだわ。」

「歩いて見ようか。まだそんなに晩《おそ》くはない。」

「向へわたると、すぐ交番があってよ。」

「そうか。それじゃ後へ戻ろう。まるで、悪い事をして世を忍んでいるようだ。」

「あなた。大きな声……およしなさい。」

「…………」

「どんな人が聞いていないとも限らないし……。」

「そうだね。然し世を忍んで暮すのは、初めて経験したんだが、何ともいえない、何となく忘れられない心持がするもんだね。」

「浮世離れて、奥山ずまい……。」

「すみちゃん。おれは昨夜《ゆうべ》から急に何だか若くなったような気がしているんだ。昨夜だけでも活《いき》がいがあったような気がしているんだ。」

「人間は気の持ちようだわ。悲観しちまっちゃ駄目よ。」

「全くだね。然し僕は、何にしてももう若くないからな。じきに捨てられるだろう。」

「また。そんな事、考える必要なんかないっていうのに。わたしだって、もうすぐ三十じゃないのさ。それにもう、為《し》たい事はしちまったし、これからはすこし真面目になって稼いで見たいわ。」

「じゃ、ほんとにおでん屋をやるつもりか。」

「あしたの朝、照ちゃんが来るから手金だけ渡すつもりなの。だから、あなたのお金は当分遣わずに置いて下さい。ね。昨夜も御話したように、それがいいの。」

「然し……。」

「いいえ。それがいいのよ。あんたの方に貯金があれば、後が安心だから、わたしの方は持ってるだけのお金をみんな出して、一時払いにして、権利も何も彼も買ってしまおうと思っているのよ。どの道やるなら其方が徳だから。」

「照ちゃんと云うのは確な人かい。兎に角お金の話だからね。」

「それは大丈夫。あの子はお金持だもの。何しろ玉の井御殿の檀那って云うのがパトロンだから。」

「それは一体何だ。」

「玉の井で幾軒も店を持ってる人よ。もう七十位だわ。精力家よ。それア。時々カフエーへ来るお客だったの。」

「ふーむ。」

「わたしにもおでん屋よりか、やるなら一層の事、あの方の店をやれって云うのよ。店も玉も、照ちゃんが檀那にそう言って、いいのを紹介するって云うのよ。だけれど、其時にはわたし一人きりで、相談する人もないし、わたしが自分でやるわけにも行かないしするから、それでおでん屋かスタンドのような、一人でやれるものの方がいいと思ったのよ。」

「そうか、それであの土地を択んだんだね。」

「照ちゃんは母さんにお金貸をさせているわ。」

「事業家だな。」

「ちゃっかりしてるけれど、人をだましたりなんかしないから。」

九

九月も半ちかくなったが残暑はすこしも退かぬばかりか、八月中よりも却て烈しくなったように思われた。簾を撲《う》つ風ばかり時にはいかにも秋らしい響を立てながら、それも毎日のように夕方になるとぱったり凪《な》いでしまって、夜はさながら関西の町に在るが如く、深けるにつれてますます蒸暑くなるような日が幾日もつづく。草稿をつくるのと、蔵書を曝すのとで、案外いそがしく、わたくしは三日ばかり外へ出なかった。

残暑の日盛り蔵書を曝すのと、風のない初冬《はつふゆ》の午後《ひるすぎ》庭の落葉を焚《た》く事とは、わたくしが独居の生涯の最も娯《たの》しみとしている処である。曝書《ばくしょ》は久しく高閣に束ねた書物を眺めやって、初め熟読した時分の事を思返し時勢と趣味との変遷を思う機会をつくるからである。落葉を焚く楽みは其身の市井《しせい》に在ることをしばしなりとも忘れさせるが故である。

古本の虫干だけはやっと済んだので、其日夕飯を終るが否やいつものように破れたズボンに古下駄をはいて外へ出ると、門の柱にはもう灯がついていた。夕凪《ゆうなぎ》の暑さに係らず、日はいつか驚くばかり短くなっているのである。

わずか三日ばかりであるが、外へ出て見ると、わけもなく久しい間、行かねばならない処へ行かずにいたような心持がしてわたくしは幾分なりと途中の時間まで短くしようと、京橋の電車の乗換場から地下鉄道に乗った。若い時から遊び馴れた身でありながら、女を尋ねるのに、こんな気ぜわしい心持になったのは三十年来絶えて久しく覚えた事がないと言っても、それは決して誇張ではない。雷門からはまた円タクを走らせ、やがていつもの路地口。いつもの伏見稲荷。ふと見れば汚れきった奉納の幟が四五本とも皆新しくなって、赤いのはなくなり、白いものばかりになっていた。いつもの溝際に、いつもの無花果と、いつもの葡萄、然しその葉の茂りはすこし薄くなって、いくら暑くとも、いくら世間から見捨てられた此路地にも、秋は知らず知らず夜毎に深くなって行く事を知らせていた。

いつもの窓に見えるお雪の顔も、今夜はいつもの潰島田《つぶししまだ》ではなく、銀杏返しに手柄をかけたような、牡丹《ぼたん》とかよぶ髷《まげ》に変っていたので、わたくしは此方《こなた》から眺めて顔ちがいのしたのを怪しみながら歩み寄ると、お雪はいかにもじれったそうに扉をあけながら、「あなた。」と一言強く呼んだ後、急に調子を低くして、

「心配したのよ。それでも、まア、よかったねえ。」

わたくしは初め其意を解しかねて、下駄もぬがず上口《あがりぐち》へ腰をかけた。

「新聞に出ていたよ。少し違うようだから、そうじゃあるまいと思ったけれど、随分心配したわ。」

「そうか。」やっと当《あて》がついたので、わたくしも俄に声をひそめ、「おれはそんなドジなことはしない。始終気をつけているもの。」

「一体、どうしたの。顔を見れば別に何でもないんだけれど、来る人が来ないと、何だか妙に寂しいものよ。」

「でも、雪ちゃんは相変らずいそがしいんだろう。」

「暑い中は知れたものよ。いくらいそがしいたって。」

「今年はいつまでも、ほんとに暑いな。」と云った時お雪は「鳥渡《ちょいと》しずかに。」と云いながらわたくしの額にとまった蚊を掌《てのひら》でおさえた。

家の内の蚊は前よりも一層多くなったようで、人を刺す其針も鋭く太くなったらしい。お雪は懐紙でわたくしの額と自分の手についた血をふき、「こら。こんな。」と云って其紙を見せて円める。

「この蚊がなくなれば年の暮だろう。」

「そう。去年お酉様の時分にはまだ居たかも知れない。」

「やっぱり反歩《たんぼ》か。」ときいたが、時代の違っている事に気がついて、「この辺でも吉原の裏へ行くのか。」

「ええ。」と云いながらお雪はチリンチリンと鳴る鈴の音《ね》を聞きつけ、立って窓口へ出た。

「兼ちゃん。ここだよ。何ボヤボヤしているのさ。氷白玉《しらたま》二つ……それから、ついでに蚊遣香を買って来ておくれ。いい児だ。」

そのまま窓に坐って、通り過る素見客《ひやかし》にからかわれたり、又此方《こっち》からもからかったりしている。其間々には中仕切の大阪格子を隔てて、わたくしの方へも話をしかける。

氷屋の男がお待遠うと云って誂えたものを持って来た。

「あなた。白玉なら食べるんでしょう。今日はわたしがおごるわ。」

「よく覚えているなア。そんな事……。」

「覚えてるわよ。実があるでしょう。だからもう、そこら中浮気するの、お止しなさい。」

「此処《ここ》へ来ないと、どこか、他《わき》の家《うち》へ行くと思ってるのか。仕様がない。」

「男は大概そうだもの。」

「白玉が咽喉《のど》へつかえるよ。食べる中だけ仲好くしようや。」

「知らない。」とお雪はわざと荒々しく匙の音をさせて山盛にした氷を突崩《つきくず》した。

窓口を覗いた素見客が、「よう、姉さん、御馳走さま。」

「一つあげよう。口をおあき。」

「青酸加里か。命が惜しいや。」

「文無しのくせに、聞いてあきれらア。」

「何言うんでい。溝っ蚊女郎。」と捨台詞で行き過るのを此方も負けて居ず、

「へッ。芥溜《ごみため》野郎。」

「ははは。」と後から来る素見客がまた笑って通り過ぎた。

お雪は氷を一匙口へ入れては外を見ながら、無意識に、「ちょっと、ちょっとだんな。」と節をつけて呼んでいる中、立止って窓を覗くものがあると、甘えたような声をして、「お一人、じゃ上ってよ。まだ口あけなんだから。さア、よう。」と言って見たり、また人によっては、いかにも殊勝らしく、「ええ。構いません。お上りになってから、お気に召さなかったら、お帰りになっても構いませんよ。」と暫くの間話をして、その挙句これも上らずに行ってしまっても、お雪は別につまらないという風さえもせず、思出したように、解けた氷の中から残った白玉をすくい出して、むしゃむしゃ食べたり、煙草をのんだりしている。

わたくしは既にお雪の性質を記述した時、快活な女であるとも言い、また其境涯をさほど悲しんでもいないと言った。それは、わたくしが茶の間の片隅に坐って、破《やれ》団扇《うちわ》の音も成るべくしないように蚊を追いながら、お雪が店先に坐っている時の、こういう様子を納簾《のれん》の間から透《すか》し見て、それから推察したものに外ならない。この推察は極く皮相に止《とどま》っているかも知れない。為人《ひととなり》の一面を見たに過ぎぬかも知れない。

然しここにわたくしの観察の決して誤らざる事を断言し得る事がある。それはお雪の性質の如何に係らず、窓の外の人通りと、窓の内のお雪との間には、互に融和すべき一縷《る》の糸の繋がれていることである。お雪が快活の女で、其境涯を左程悲しんでいないように見えたのが、若《も》しわたくしの誤りであったなら、其誤はこの融和から生じたものだと、わたくしは弁解したい。窓の外は大衆である。即ち世間である。窓の内は一個人である。そしてこの両者の間には著しく相反目している何物もない。これは何に因るのであろう。お雪はまだ年が若い。まだ世間一般の感情を失わないからである。お雪は窓に坐っている間はその身を卑しいものとなして、別に隠している人格を胸の底に持っている。窓の外を通る人は其歩みを此路地に入るるや仮面をぬぎ矜負《きょうふ》を去るからである。

わたくしは若い時から脂粉の巷に入り込み、今にその非を悟らない。或時は事情に捉われて、彼女達《かのおんなたち》の望むがまま家に納《い》れて箕帚《きそう》を把《と》らせたこともあったが、然しそれは皆失敗に終った。彼女達は一たび其境遇を替え、其身を卑しいものではないと思うようになれば、一変して教う可からざる懶婦《らんぷ》となるか、然らざれば制御しがたい悍《かん》婦《ぷ》になってしまうからであった。

お雪はいつとはなく、わたくしの力に依って、境遇を一変させようと云う心を起している。懶婦か悍婦かになろうとしている。お雪の後半生をして懶婦たらしめず、悍婦たらしめず、真に幸福なる家庭の人たらしめるものは、失敗の経験にのみ富んでいるわたくしではなくして、前途に猶多くの歳月を持っている人でなければならない。然し今、これを説いてもお雪には決して分ろう筈がない。お雪はわたくしの二重人格の一面だけしか見ていない。わたくしはお雪の窺い知らぬ他の一面を曝露して、其非を知らしめるのは容易である。それを承知しながら、わたくしが猶躊躇しているのは心に忍びないところがあったからだ。これはわたくしを庇《かば》うのではない。お雪が自らその誤解を覚った時、甚しく失望し、甚しく悲しみはしまいかと云うことをわたくしは恐れて居たからである。

お雪は倦みつかれたわたくしの心に、偶然過去の世のなつかしい幻影を彷彿たらしめたミューズである。久しく机の上に置いてあった一篇の草稿は若しお雪の心がわたくしの方に向けられなかったなら、――少くとも然《そ》う云う気がしなかったなら、既に裂き棄てられていたに違いない。お雪は今の世から見捨てられた一老作家の、他分その最終の作とも思われる草稿を完成させた不可思議な後援者である。わたくしは其顔を見るたび心から礼を言いたいと思っている。其結果から論じたら、わたくしは処生の経験に乏しい彼の女を欺き、其身体《しんたい》のみならず其の真情をも弄《もてあそ》んだ事になるであろう。わたくしは此の許され難い罪の詫《わ》びをしたいと心ではそう思いながら、そうする事の出来ない事情を悲しんでいる。

その夜、お雪が窓口で言った言葉から、わたくしの切ない心持はいよいよ切なくなった。今はこれを避けるためには、重ねてその顔を見ないに越したことはない。まだ、今の中ならば、それほど深い悲しみと失望とをお雪の胸に与えずとも済むであろう。お雪はまだ其本名をも其生立をも、問われないままに、打明る機会に遇わなかった。今夜あたりがそれとなく別れを告げる瀬戸際で、もし之を越したなら、取返しのつかない悲しみを見なければなるまいと云うような心持が、夜のふけかけるにつれて、わけもなく激しくなって来る。

物に追われるような此心持は、折から急に吹出した風が表通から路地に流れ込み、あち等こち等へ突当った末、小さな窓から家の内まで入って来て、鈴のついた納簾の紐をゆする。其音につれて一しお深くなったように思われた。其音は風鈴売が櫺子窓《れんじまど》の外を通る時ともちがって、此別天地より外には決して聞かれないものであろう。夏の末から秋になっても、打続く毎夜のあつさに今まで全く気のつかなかっただけ、その響は、秋の夜もいよいよまったくの夜長らしく深けそめて来た事を、しみじみと思い知らせるのである。気のせいか通る人の跫音《あしおと》も静に冴《さ》え、そこ等の窓でくしゃみをする女の声も聞える。

お雪は窓から立ち、茶の間へ来て煙草へ火をつけながら、思出したように、

「あなた。あした早く来てくれない。」と云った。

「早くって、夕方か。」

「もっと早くさ。あしたは火曜日だから診察日なんだよ。十一時にしまうから、一緒に浅草へ行かない。四時頃までに帰って来ればいいんだから。」

わたくしは行ってもいいと思った。それとなく別盃《べっぱい》を酌《く》むために行きたい気はしたが、新聞記者と文学者とに見られて又もや筆誅《ひっちゅう》せられる事を恐れもするので、

「公園は具合のわるいことがあるんだよ。何か買うものでもあるのか。」

「時計も買いたいし、もうすぐ袷《あわせ》だから。」

「あついあついと言ってる中、ほんとにもうじきお彼岸だね。袷はどのくらいするん

だ。店で着るのか。」

「そう。どうしても三十円はかかるでしょう。」

「そのくらいなら、ここに持っているよ。一人で行って誂えておいでな。」と紙入を出した。

「あなた。ほんと。」

「気味がわるいのか。心配するなよ。」

わたくしは、お雪が意外のよろこびに眼を見張った其顔を、永く忘れないようにじっと見詰めながら、紙入の中の紙幣《さつ》を出して茶ぶ台の上に置いた。

戸を叩《たた》く音と共に主人の声がしたので、お雪は何か言いかけたのも、それなり黙って、伊達締《だてじめ》の間に紙幣を隠す。わたくしは突《つ》と立って主人《あるじ》と入れちがいに外へ出た。

伏見稲荷の前まで来ると、風は路地の奥とはちがって、表通から真向《まっこう》に突き入りいきなりわたくしの髪を吹乱した。わたくしは此処へ来る時の外はいつも帽子をかぶり馴れているので、風に吹きつけられたと思うと同時に、片手を挙げて見て始て帽子のないのに心づき、覚えず苦笑を浮べた。奉納の幟《のぼり》は竿《さお》も折れるばかり、路地口に屋台を据えたおでん屋の納簾と共にちぎれて飛びそうに閃《ひらめ》き翻《ひるがえ》っている。溝の角の無花果《いちじく》と葡萄《ぶどう》の葉は、廃屋のかげになった闇の中にがさがさと、既に枯れたような響を立てている。表通りへ出ると、俄に広く打仰がれる空には銀河の影のみならず、星という星の光のいかにも森然として冴渡《さえわた》っているのが、言知れぬさびしさを思わせる折も折、人家のうしろを走り過る電車の音と警笛の響とが烈風にかすれて、更にこの寂しさを深くさせる。わたくしは帰りの道筋を、白髯橋の方に取る時には、いつも隅田町郵便局の在るあたりか、又は向島劇場という活動小屋のあたりから勝手に横道に入り、陋巷の間を迂曲《うきょく》する小道を辿り辿って、結局白髯明神の裏手へ出るのである。八月の末から九月の初めにかけては、時々夜になって驟雨《ゆうだち》の霽《は》れた後、澄みわたった空には明月が出て、道も明く、むかしの景色も思出されるので、知らず知らず言問《こととい》の岡あたりまで歩いてしまうことが多かったが、今夜はもう月もない。吹き通す川風も忽ち肌寒くなって来るので、わたくしは地蔵坂の停留場に行きつくが否や、待合所の板バメと地蔵尊との間に身をちぢめて風をよけた。

十

四五日たつと、あの夜をかぎりもう行かないつもりで、秋袷の代まで置いて来たのにも係らず、何やらもう一度行って見たい気がして来た。お雪はどうしたか知ら。相変らず窓に坐っている事はわかりきっていながら、それとなく顔だけ見に行きたくて堪らない。お雪には気がつかないように、そっと顔だけ、様子だけ覗いて来よう。あの辺を一巡《ひとまわ》りして帰って来れば隣のラディオも止む時分になるのであろうと、罪をラディオに塗付けて、わたくしはまたもや墨田川を渡って東の方へ歩いた。

路地に入る前、顔をかくす為、鳥打帽を買い、素見客《ひやかし》が五六人来合すのを待って、その人達の蔭に姿をかくし、溝の此方《こなた》からお雪の家を窺《のぞ》いて見ると、お雪は新形の髷を元のつぶしに結い直し、いつものように窓に坐っていた。と見れば、同じ軒の下の右側の窓はこれまで閉めきってあったのが、今夜は明くなって、燈影《ほかげ》の中に丸髷の顔が動いている。新しい抱《かかえ》――この土地では出方《でかた》さんとかいうものが来たのである。遠くからで能《よ》くはわからないが、お雪よりは年もとっているらしく容貌《きりょう》もよくはないようである。わたくしは人通りに交って別の路地へ廻った。

その夜はいつもと同じように日が暮れてから急に風が凪《な》いで蒸暑くなった為めか、路地の中の人出も亦夏の夜のように夥しく、曲る角々は身を斜めにしなければ通れぬ程で、流れる汗と、息苦しさとに堪えかね、わたくしは出口を求めて自動車の走《は》せちがう広小路へ出た。そして夜店の並んでいない方の舗道を歩み、実はそのまま帰るつもりで七丁目の停留場に佇《たたず》んで額の汗を拭った。車庫からわずか一二町のところなので、人の乗っていない市営バスが恰もわたくしを迎えるように来て停った。わたくしは舗道から一歩《ひとあし》踏み出そうとして、何やら急にわけもわからず名残惜《なごり》しい気がして、又ぶらぶら歩き出すと、間もなく酒屋の前の曲角《まがりかど》にポストの立っている六丁目の停留場である。ここには五六人の人が車を待っていた。わたくしはこの停留場でも空しく三四台の車を行き過させ、唯茫然として、白楊樹《はくようじゅ》の立ちならぶ表通と、横町の角に沿うた広い空地の方を眺めた。

この空地には夏から秋にかけて、ついこの間まで、初めは曲馬、次には猿芝居、その次には幽霊の見世物小屋が、毎夜さわがしく蓄音機を鳴《なら》し立てていたのであるが、いつの間にか、もとのようになって、あたりの薄暗い灯影《ほかげ》が水溜《みずたまり》の面《おもて》に反映しているばかりである。わたくしは兎に角もう一度お雪をたずねて、旅行をするからとか何とか言って別れよう。其の方が鼬《いたち》の道を切ったような事をするよりは、どうせ行かないものなら、お雪の方でも後々《あとあと》の心持がわるくないであろう。出来ることなら、真《まこと》の事情を打明けてしまいたい。わたくしは散歩したいにも其処《そのところ》がない。尋ねたいと思う人は皆先に死んでしまった。風流絃歌の巷も今では音楽家と舞踊家との名を争う処で、年寄りが茶を啜ってむかしを語る処ではない。わたくしは図らずも此のラビラントの一隅に於いて浮世半日《ふせいはんじつ》の閑を偸《ぬす》む事を知った。そのつもりで邪魔でもあろうけれど折々遊びに来る時は快く上げてくれと、晩蒔《おそまき》ながら、わかるように説明したい……。わたくしは再び路地へ入ってお雪の家の窓に立寄った。

「さア、お上んなさい。」とお雪は来る筈の人が来たという心持を、其様子と調子とに現したが、いつものように下の茶の間には通さず、先に立って梯子を上るので、わたくしも様子を察して、

「親方が居るのか。」

「ええ。おかみさんも一緒……。」

「新奇のが来たね。」

「御飯焚《たき》のばアやも来たわ。」

「そうか。急に賑かになったんだな。」

「暫く独りでいたら、大勢だと全くうるさいわね。」急に思出したらしく、「この間はありがとう。」

「好《い》いのがあったか。」

「ええ。明日《あした》あたり出来てくる筈よ。伊達締《だてじめ》も一本買ったわ。これはもう、こんなだもの。後で下へ行って持ってくるわ。」

お雪は下へ降りて茶を運んで来た。姑《しばら》く窓に腰をかけて何ともつかぬ話をしていた

が、主人《あるじ》夫婦は帰りそうな様子もない。その中梯子の降口《おりくち》につけた呼鈴が鳴る。馴染の客が来た知らせである。

　家《うち》の様子が今までお雪一人の時とは全くちがって、長くは居られぬようになり、お雪の方でも亦主人の手前を気兼しているらしいので、わたくしは言おうと思った事もそのまま、半時間とはたたぬ中《うち》戸口を出た。

　四五日過ると季節は彼岸に入った。空模様は俄《にわか》に変って、南風《なんぷう》に追われる暗雲の低く空を行き過る時、大粒の雨は礫を打つように降りそそいでは忽ち歇《や》む。夜を徹して小息《おや》みもなく降りつづくこともあった。わたくしが庭の葉雞頭は根もとから倒れた。萩の花は葉と共に振り落され、既に実を結んだ秋海棠《しゅうかいどう》の紅い茎は大きな葉を剝《は》がれて、痛ましく色が褪《あ》せてしまった。濡れた木《こ》の葉《は》と枯枝とに狼藉《ろうぜき》としている庭のさまを生き残った法師蟬《ほうしぜみ》と蟋蟀《こおろぎ》とが雨の霽《は》れま霽れまに嘆き弔《とむら》うばかり。わたくしは年々秋風秋雨に襲われた後の庭を見るたびたび紅楼夢《こうろうむ》の中にある秋窓風雨夕《しゅうそうふううのゆうべ》と題された一篇の古詩を思起す。

秋花《ハ》惨淡《トシテ》秋草《ハ》黄《ナリ》。
耿耿《タル》秋燈秋夜《ハ》長《シ》。
已《ニ》賞《ス》秋窓《ニ》秋《ノ》不レ尽《キザルヲ》。

那《イカンゾ》堪《ンヤ》風雨《ノ》助《クルヲ》二凄涼《ヲ》一。
助《クルノ》レ秋《ヲ》風雨《ハ》来《ルコト》何《ゾ》速《ナルヤ》。
驚破《ス》秋窓秋夢《ノ》緑《ナルヲ》。

……………………

そして、わたくしは毎年同じように、とても出来ぬとは知りながら、何とかうまく翻訳して見たいと思い煩うのである。

風雨の中に彼岸は過ぎ、天気がからりと晴れると、九月の月も残り少く、やがて其年の十五夜になった。前の夜もふけそめてから月が好かったが、十五夜の当夜には早くから一層曇りのない明月を見た。

わたくしがお雪の病んで入院していることを知ったのは其夜である。雇婆から窓口で聞いただけなので、病の何であるのかも知る由がなかった。

十月になると例年よりも寒さが早く来た。既に十五夜の晩にも玉の井稲荷の前通の商店に、「皆さん、障子張りかえの時が来ました。サービスに上等の糊を進呈。」とかいた紙が下っていたではないか。最早素足に古下駄を引摺り帽子もかぶらず夜歩きをする時節ではない。隣家《となり》のラディオも閉めた雨戸に遮られて、それほどわたくしを苦しめないようになったので、わたくしは家に居てもどうやら燈火に親しむことができるようになった。

＊

濹東綺譚はここに筆を擱《お》くべきであろう。然しながら若しここに古風な小説的結末をつけようと欲するならば、半年或は一年の後、わたくしが偶然思いがけない処で、既に素人《しろと》になっているお雪に廻《めぐ》り逢う一節を書添えればよいであろう。猶又、この偶然の邂逅をして更に感傷的ならしめようと思ったなら、摺れちがう自動車とか或は列車の窓から、互に顔を見合しながら、言葉を交したいにも交すことの出来ない場面を設ければよいであろう。楓葉荻花《ふうようてきか》秋は瑟々《しつしつ》たる刀禰河《とねがわ》あたりの渡船で摺れちがう処などは、殊に妙であろう。

わたくしとお雪とは、互に其本名も其住所をも知らずにしまった。唯濹東の裏町、蚊のわめく溝際《どぶぎわ》の家で狎《な》れ昵《した》しんだばかり。一たび別れてしまえば生涯相逢うべき機会も手段もない間柄である。軽い恋愛の遊戯とは云いながら、再会の望みなき事を初めから知りぬいていた別離の情は、強いて之を語ろうとすれば誇張に陥り、之を軽々《けいけい》に叙し去れば情を尽さぬ憾《うら》みがある。ピエールロッチの名著阿菊《おきく》さんの末段は、能く這般《しゃはん》の情緒を描き尽し、人をして暗涙を催さしむる力があった。わたくしが濹東綺譚の一篇に小説的色彩を添加しようとしても、それは徒《いたずら》にロッチの筆を学んで至らざるの笑を招くに過ぎぬかも知れない。

わたくしはお雪が永く溝際の家にいて、極めて廉価《れんか》に其媚《こび》を売るものでない事は、何のいわれもなく早くから之を予想していた。若い頃、わたくしは遊里の消息に通暁した老人から、こんな話をきかされたことがあった。これほど気に入った女はない。早く話をつけないと、外のお客に身受けをされてしまいはせぬかと思うような気がすると、其女はきっと病気で死ぬか、そうでなければ突然厭な男に身受をされて遠い国へ行ってしまう。何の訳もない気病みというものは不思議に当るものだと云う話である。

お雪はあの土地の女には似合わしからぬ容色と才智とを持っていた。雞群《けいぐん》の一鶴《いっかく》であった。然し昔と今とは時代がちがうから、病むとも死ぬような事はあるまい。義理にからまれて思わぬ人に一生を寄せる事もあるまい……。

建込んだ汚《きたな》らしい家の屋根つづき。風雨《あらし》の来る前の重苦しい空に映る燈影《ほかげ》を望みながら、お雪とわたくしとは真暗な二階の窓に倚《よ》って、互に汗ばむ手を取りながら、唯それともなく謎のような事を言って語り合った時、突然閃《ひらめ》き落ちる稲妻に照らされたその横顔。それは今も猶ありありと目に残って消去らずにいる。わたくしは二十の頃から恋愛の遊戯に耽ったが、然し此の老境に至って、このような痴夢《ちむ》を語らねばならないような心持になろうとは。運命の人を揶揄することも亦甚しいではないか。草稿の裏には猶数行の余白がある。筆の行くまま、詩だか散文だか訳のわからぬものを書《しる》して此夜の愁《うれい》を慰めよう。

残る蚊に額さゝれしわが血汐《ちしほ》。
ふところ紙に
君は拭ひて捨てし庭の隅。
葉雞頭《はげいとう》の一茎《ひとくき》立ちぬ。
夜ごとの霜のさむければ、
夕暮の風をも待たで、
倒れ死すべき定めも知らず
錦なす葉の萎《しを》れながらに
色増す姿ぞいたましき。
病《や》める蝶ありて

傷《きずつ》きし翼によろめき、
返咲《かへりさ》く花とうたがふ雞頭の
倒れ死すべきその葉かげ。
宿かる夢も
結ぶにひまなき晩秋《おそあき》の
たそがれ迫る庭の隅。
君とわかれしわが身ひとり、
倒れ死すべき雞頭の一茎と
ならびて立てる心はいかに。

丙子十月卅日脱稿

作後贅言

向島寺島町に在る遊里の見聞記をつくって、わたくしは之を濹東綺譚と命名した。濹の字は林述斎が墨田川を言現すために濫《みだり》に作ったもので、その詩集には濹上漁唱と題せられたものがある。文化年代のことである。

幕府瓦解の際、成島柳北が下谷和泉橋通の賜邸を引払い、向島須崎村の別荘を家となしてから其詩文には多く濹の字が用い出された。それから濹字が再び汎《あまね》く文人墨客の間に用いられるようになったが、柳北の死後に至って、いつともなく見馴れぬ字となった。

物徂徠《ぶつそらい》は墨田川を澄江《とうこう》となしていたように思っている。天明の頃には墨田堤を葛坡《かつは》となした詩人もあった。明治の初年詩文の流行を極めた頃、小野湖山は向島の文字を雅馴《がじゅん》ならずとなし、其音によって夢香洲《むこうしゅう》の三字を考出したが、これも久しからずして忘れられてしまった。現時向島の妓街に夢香荘とよぶ連込宿《つれこみやど》がある。小野湖山の風流を襲う心であるのかどうか、未だ詳《つまびらか》にするを得ない。

寺島町五丁目から六七丁目にわたった狭斜の地は、白鬚橋の東方四五町のところに在る。即ち墨田堤の東北に在るので、濹上となすには少し遠すぎるような気がした。依ってわたくしはこれを濹東と呼ぶことにしたのである。濹東綺譚はその初め稿を脱した時、直《ただち》に地名を取って「玉の井双紙」と題したのであるが、後に聊《いささ》か思うところがあって、今の世には縁遠い濹字を用いて、殊更に風雅をよそおわせたのである。

小説の命題などについても、わたくしは十余年前井上啞々《ああ》子を失い、去年の春神代《こうじろ》帚葉《そうよう》翁の訃を聞いてから、爾来全く意見を問うべき人がなく、又それ等について諧語する相手もなくなってしまった。濹東綺譚は若し帚葉翁が世に在るの日であったなら、わたくしは稿を脱するや否や、直に走って、翁を千駄木町の寓居に訪い其閲読を煩さねばならぬものであった。何故かというに翁はわたくしなどより、ずっと早くからかのラビラントの事情に通暁し、好んで之を人に語っていたからである。翁は坐中の談話がたまたまその地の事に及べば、まず傍人より万年筆を借り、バットの箱の中身を抜き出し、其裏面に市中より迷宮に至る道路の地図を描き、ついで路地の出入口を記し、その分れて那辺に至り又那辺に合するかを説明すること、掌《たなごころ》を指すが如くであった。

そのころ、わたくしは大抵毎晩のように銀座尾張町の四ツ角で翁に出逢った。翁は人を待合すのにカフェーや喫茶店を利用しない。待設けた人が来てから後、話をする時になって初めて飲食店の椅子に坐るのである。それまでは康衢《こうく》の一隅に立ち、時間を測って、逢うべき人の来るを待っているのであるが、その予測に反して空しく時を費すことがあっても、翁は決して怒りもせず悲しみもしない。翁の街頭に佇《たたず》むのは約束した人の来るのを待つためばかりではない。寧《むしろ》これを利用して街上の光景を眺めることを喜んでいたからである。翁が生前屢《しばしば》わたくしに示した其手帳には、某年某月某日の条下に、某処に於いて見る所、何時より何時までの間、通行の女凡そ何人の中《うち》洋装をなすもの幾人。女給らしきものにして檀那らしきものと連立って歩むもの幾人。物貰い門附《かどづけ》幾人などと記してあったが、これ等は町の角や、カフェーの前の樹の下などに立たずんで人を待っている間に鉛筆を走《はしら》したものである。

今年残暑の殊に甚しかった或夜、わたくしは玉の井稲荷前の横町を歩いていた時、おでん屋か何かの暖簾の間から、三味線を抱えて出て来た十七八の一寸《ちょっと》顔立のいい門附から、「おじさん。」と親しげに呼びかけられた事があった。

「おじさん、こっちへも遊びに来るのかい。」

初めは全く見忘れていたが、門附の女の糸切歯を出して笑う口元から、わたくしは忽ち四五年前、銀座の裏町で帚葉翁と共にこの娘とはなしをした事があったのを思出した。翁は銀座から駒込の家に帰る時、いつも最終の電車を尾張町の四辻か銀座三丁目の松屋前で待っている間、同じ停留場に立っている花売、辻占売、門附などと話をする。車に乗ってからも相手が避けないかぎり話をしつづけるので、この門附の娘とは余程前から顔を知り合っていたのであった。

門附はわたくしが銀座の裏通りで折々見掛けた時分には、まだ肩揚をして三味線を持たず、左右の手に四竹《よつだけ》を握っていた。髪は桃割《ももわれ》に結い、黒襟をかけた袂の長い着物に、赤い半襟。赤い帯をしめ、黒塗の下駄の鼻緒も赤いのをかけた様子は、女義太夫の弟子でなければ、場末の色町の半玉《はんぎょく》のようにも見られた。細面のませた顔立から、首や肩のほっそりした身体つきも亦そういう人達に能く見られる典型的なものであった。その生立《おいたち》や性質の型通りであるらしいことも、亦恐らくは問うに及ばぬことであろう。

「すっかり、姉さんになっちまったな。まるで芸者衆《しゅ》だよ。」

「ほほほほほ、おかしか無い。」と言いながら娘は平打の簪《かんざし》を島田の根元にさし直した。

「おかしいものか。お前も銀座仕込じゃないか。」

「でも、あたい、もう彼方《あっち》へは行かないんだよ。」

「こっちの方がいいか。」

「此方《こっち》だって、何処《どこ》だって、いいことはないよ。だけれど、銀座はあふれると歩いちゃ帰れないし、仕様がないからね。」

「お前、あの時分は柳島へ帰るのだったね。」

「ああ、今は請地《うけじ》へ越したよ。」

「お腹がすいているか。」

「いいえ、まだ宵の口だもの。」

銀座では電車賃をやった事もあったので、其夜は祝儀五十銭を与えて別れた。その後一ト月ばかりたって、また路端《みちばた》で出逢ったことがあるが、間もなく夜露も追々肌寒くなって来たので、わたくしはこの町へ散歩に来ることも次第に稀になった。しかしこの町の最も繁昌するのは、夜風の身に沁むようになってからだと云うから、あの娘もこの頃は毎夜かかさずふけ渡る町を歩いているのであろう。

＊

帚葉翁とわたくしとが、銀座の夜深《よふけ》に、初めてあの娘の姿を見た頃と、今年図らず寺島町の路端でめぐり逢った時とを思合せると、歳月は早くも五年を過ぎている。この間に時勢の変ったことは、半玉のような此娘の着物の肩揚がとれ、桃割が結綿《ゆいわた》をかけた島田になった其変りかたとは、同じ見方を以て見るべきものではあるまい。四竹を鳴して説経を唱《うた》っていた娘が、三味線をひいて流行唄《はやりうた》を歌う姉さんになったのは、孑孑《ぼうふり》が蚊になり、オボコがイナになり、イナがボラになったと同じで、これは自然の進化である。マルクスを論じていた人が朱子学を奉ずるようになったのは、進化ではなくして別の物に変ったのである。前の者は空となり、後の者は忽然として出現したのである。やどり蟹の殻の中に、蟹ではない別の生物が住んだようなものである。

われわれ東京の庶民が満洲の野に風雲の起った事を知ったのは其の前の年、昭和五六年の間であった。たしかその年の秋の頃、わたくしは招魂社境内の銀杏《いちょう》の樹に三日ほどつづいて雀合戦のあった事をきいて、その最終の朝麹町の女達と共に之を見に行ったことがあった。その又前の年の夏には、赤坂見附の濠《ほり》に、深更人の定《さだま》った後、大きな蝦蟇《がま》が現れ悲痛な声を揚げて泣くという噂が立ち、或新聞の如きは蝦蟇を捕えた人に金参百円の賞を贈ると云う広告を出した。それが為め雨の降る夜などには却て人出が多くなったが、賞金を得た人の噂も遂に聞かず、いつの間にかこの話は烟《けむり》のように消えてしまった。

雀合戦を見た其年も忽ち暮に迫った或日の午後、わたくしは葛西村の海辺を歩いて道に迷い、日が暮れてから燈火を目当にして漸く船堀橋の所在を知り、二三度電車を乗りかえた後、洲崎の市電終点から日本橋の四辻に来たことがあった。深川の暗い町を通り過ぎた電車から、白木屋百貨店の横手に降りると、燈火の明るさと年の暮の雑沓と、ラディオの軍歌とが一団になって、今日の半日も夜になるまで、人跡の絶えた枯蘆《かれあし》の岸ばかりさまよっていたわたくしの眼には、忽然異様なる印象を与えた。またしても乗換の車を待ったため、白木屋の店頭に佇《たたず》むと、店の窓には、黄色の荒原の処々に火の手の上っている背景を飾り、毛衣《けごろも》で包んだ兵士の人形を幾個《いくつ》となく立並べてあったのが、これ又わたくしの眼を驚《おどろか》した。わたくしは直《ただち》に、街上に押合う群集の様子に眼を移したが、それは毎年の歳暮に見るものと何の変りもなく、殊更に立止って野営の人形を眺めるものはないらしいようであった。

銀座通に柳の苗木が植えつけられ、両側の歩道に朱骨《しゅぼね》の雪洞《ぼんぼり》が造り花の間に連ねともされ、銀座の町が宛《さなが》ら田舎芝居の仲の町の場と云うような光景を呈し出したのは、次の年の四月ごろであった。わたくしは銀座に立てられた朱骨のぼんぼりと、赤坂溜池の牛肉屋の欄干が朱で塗られているのを目にして、都人の趣味のいかに低下し来《きた》ったかを知った。霞ヶ関の義挙が世を震動させたのは柳まつりの翌月であった。わたくしは丁度其夕、銀座通を歩いていたので、この事を報道する号外の中では読売新聞のものが最も早く、朝日新聞がこれについだことを目撃した。時候がよく、日曜日に当っていたので、其夕銀座通はおびただしい人出であったが電信柱に貼付けられた号外を見ても群集は何等特別の表情を其面上に現わさぬばかりか、一語のこれについて談話をするものもなく、唯《ただ》露店の商人が休みもなく兵器の玩具に螺旋《ぜんまい》をかけ、水出しのピストルを乱射しているばかりであった。

帚葉翁が古帽子をかぶり日光下駄をはいて毎夜かかさず尾張町の三越前に立ち現れたのはその頃からであった。銀座通の裏表に処を択《えら》ばず蔓衍《まんえん》したカフェーが最も繁昌し、又最も淫卑に流れたのは、今日から回顧すると、この年昭和七年の夏から翌年にかけてのことであった。いずこのカフェーでも女給を二三人店口に立たせて通行の人を呼び込ませる。裏通のバアに働いている女達は必ず二人ずつ一組になって、表通を歩み、散歩の人の袖を引いたり目まぜで誘ったりする。商店の飾付を見る振りをして立留《たちどま》り、男一人の客と見れば呼びかけて寄添い、一緒にお茶を飲みに行こうと云う怪し気な女もあった。百貨店でも売子の外に大勢の女を雇入れ、海水浴衣を着せて、女の肌身を衆人の目前に曝《さら》させるようにしたのも、たしかこの年から初まったのである。わたくし裏通の角々にはヨウヨウとか呼ぶ玩具を売る小娘の姿を見ぬ事はなかった。

は若い女達が、其の雇主の命令に従って、其の顔と其の姿とを、或は店先、或は街上に曝すことを恥とも思わず、中には往々得意らしいのを見て、公娼の張店が復興したような思をなした。そして、いつの世になっても、女を使役するには変らない一定の方法がある事を知ったような気がした。

地下鉄道は既に京橋の北詰まで開鑿《かいさく》せられ、銀座通には昼夜の別なく地中に鉄棒を打込む機械の音がひびきわたり、土工は商店の軒下に処嫌わず昼寝をしていた。

月島小学校の女教師が夜になると銀座一丁目裏のラバサンと云うカフェーに女給となって現われ、売春の傍《かたわら》枕さがしをして捕えられた事が新聞の紙上を賑わした。それは矢張この年昭和七年の冬であった。

＊

わたくしが初《はじめ》て帚葉翁と交《まじわり》を訂《ただ》したのは、大正十年の頃であろう。その前から古本の市へ行くごとに出逢っていたところから、いつともなく話をするようになっていたのである。然し其後も会うところは相変らず古本屋の店先で、談話は古書に関することばかりであったので、昭和七年の夏、偶然銀座通で邂逅《かいこう》した際には、わたくしは意外の地で意外な人を見たような気がした為、其夜は立談《たちばなし》をしたまま別れたくらいであった。

わたくしは昭和二三年ころから丁度其時分《そのじぶん》まで、一時全く銀座からは遠のいていたのであったが、夜眠られない病気が年と共に烈しくなった事や、自炊に便利な食料品を買う事や、また夏中は隣家のラディオを聞かないようにする事や、それ等のためにまたしても銀座へ出かけはじめたのであるが、新聞と雑誌との筆誅《ひっちゅう》を恐れて、裏通を歩くにも人目を忍び、向《むこう》の方から頭髪を振乱した男が折革包《おりかばん》をぶら下げたり新聞雑誌を抱えたりして歩いて来るのを見ると、横町へ曲ったり電柱のかげにかくれたりしていた。

帚葉翁はいつも白足袋に日光下駄をはいていた。其風采を一見しても直《ただち》に現代人でない事が知られる。それ故、わたくしが現代文士を忌み恐れている理由をも説くに及ばずして翁は能く之を察していた。わたくしが表通のカフェーに行くことを避けている事情をも、翁はこれを知っていた。一夜翁がわたくしを案内して、西銀座の裏通りにあって、殆ど客の居ない萬茶亭《ばんさてい》という喫茶店へつれて行き、当分その処を会合処にしようと言ったのも、わたくしの事情を知っていた故であった。

わたくしは炎暑の時節いかに渇する時と雖《いえども》、氷を入れた淡水の外《ほか》冷いものは一切口にしない。冷水も成るべく之を避け夏も冬と変りなく熱い茶か珈琲を飲む。アイスクリームの如きは帰朝以来今日まで一度も口にした事がないので、若し銀座を歩く人の中で銀座のアイスクリームを知らない人があるとしたなら、それは恐らくわたくし一人《いちにん》のみであろう。翁がわたくしを萬茶亭に案内したのも亦これが為であった。

銀座通のカフェーで夏になって熱い茶と珈琲とをつくる店は殆ど無い。西洋料理店の中でも熱い珈琲をつくらない店さえある。紅茶と珈琲とはその味の半ば香気に在るので、若し氷で冷却すれば香気は全く消失《きえう》せてしまう。然るに現代の東京人は冷却して香気のないものでなければ之を口にしない。わたくしの如き旧弊人にはこれが甚だ奇風に思われる。この奇風は大正の初《はじめ》にはまだ一般には行きわたっていなかった。

紅茶も珈琲も共に洋人の持ち来ったもので、洋人は今日と雖その冷却せられたものを飲まない。これを以て見れば紅茶珈琲の本来の特性は暖きにあるや明《あきらか》である。今之を邦俗に従って冷却するのは本来の特性を破損するもので、それは恰《あたか》も外国の小説演劇を邦語に訳す時土地人物の名を邦化するものと相似ている。わたくしは何事によらず物の本性を傷《きずつ》けることを悲しむ傾きがあるから、外国の文学は外国のものとして之を鑑賞したいと思うように、其飲食物の如きも亦邦人の手によって変化せられたものを好まないのである。

萬茶亭は多年南米の殖民地に働いていた九州人が珈琲を売るために開いた店だとい

う事で、夏でも暖い珈琲を売っていた。然し其主人は帚葉翁と前後して世を去り、其店も亦閉《とざ》されて、今はない。

わたくしは帚葉翁と共に萬茶亭に往く時は、狭い店の中のあつさと蠅の多いのを恐れて、店先の並木の下に出してある椅子に腰をかけ、夜も十二時になって店の灯の消える時迄《まで》じっとしている。家へ帰って枕についても眠られない事を知っているので十二時を過ぎても猶行くべきところがあれば誘われるままに行くことを辞さなかった。翁はわたくしと相対して並木の下に腰をかけている間に、萬茶亭と隣接したラインゴルト、向側のサイセリヤ、スカール、オデッサなどいう酒場に出入する客の人数《にんず》を数えて手帳にかきとめる。円タクの運転手や門附と近づきになって話をする。それにも飽きると、表通へ物を買いに行ったり路地を歩いたりして、戻って来ると其の見て来た事をわたくしに報告する。今、どこの路地で無頼漢が仁義の礼を交していたとか、或は向の川岸で怪し気な女に袖を牽《ひ》かれたとか、曽てどこそこの店にいた女給が今はどこそこの女主人になっているとか云う類のはなしである。寺島町の横町でわたくしを呼止めた門附も、初めて顔を見知ったのはこの並木の下であったに違いはない。

わたくしは翁の談話によって、銀座の町がわずか三四年見ない間にすっかり変った、其景況の大略を知ることができた。震災前表通りに在った商店で、もとの処に同じ業をつづけているものは数えるほどで、今は悉《ことごと》く関西もしくは九州から来た人の経営に任《ゆだ》ねられた。裏通の到る処に海豚汁《ふぐじる》や関西料理の看板がかけられ、横町の角々に屋台店の多くなったのも怪しむには当らない。地方の人が多くなって、外で物を食う人が増加したことは、いずこの飲食店も皆繁昌している事がこれを明にしている。地方の人は東京の習慣を知らない。最初停車場構内の飲食店、また百貨店の食堂で見覚えた事は悉く東京の習慣だと思込んでいるので、汁粉屋の看板を掛けた店へ来て支那蕎麦があるかときき、蕎麦屋に入って天麩羅を誂《あつら》え断られて訝《いぶか》し気な顔をするものも少くない。飲食店の硝子窓に飲食物の模型を並べ、之に価格をつけて置くようになったのも、蓋《けだ》し已むことを得ざる結果で、これ亦其《その》範を大阪に則《と》ったものだという事である。

街に灯がつき蓄音機の響が聞え初めると、酒気を帯びた男が四五人ずつ一組になり、互に其腕を肩にかけ合い、腰を抱き合いして、表通といわず裏通といわず銀座中をひょろひょろさまよい歩く。これも昭和になってから新《あらた》に見る所の景況で、震災後頻《しきり》にカフェーの出来はじめた頃にはまだ見られぬものであった。わたくしは此不体裁にして甚だ無遠慮な行動の原因するところを詳《つまびらか》にしないのであるが、其実例によって考察すれば、昭和二年初めて三田の書生及《および》三田出身の紳士が野球見物の帰り群をなし隊をつくって銀座通を襲った事を看過するわけには行かない。彼等は酔《えい》に乗じて夜店の商品を踏み壊し、カフェーに乱入して店内の器具のみならず家屋にも多大の損害を与え、制御の任に当る警吏と相争うに至った。そして毎年二度ずつ、この暴行は繰返されて今日に及んでいる。わたくしは世の父兄にして未だ一人の深く之を憤り其子弟をして退学せしめたもののある事を聞かない。世は挙《こぞ》って書生の暴行を以て是となすものらしい。曽てわたくしも明治大正の交《こう》、乏を承《う》けて三田に教鞭を把《と》った事もあったが、早く辞して去ったのは幸《さいわい》であった。そのころ、わたくしは経営者中の一人から、三田の文学も稲門《とうもん》に負けないように尽力していただきたいと言われて、その愚劣なるに眉を顰《ひそ》めたこともあった。彼等は文学芸術を以て野球と同一に視ていたのであった。

わたくしは元来その習癖よりして党を結び群をなし、其威を借りて事をなすことを欲しない。むしろ之を怯《きょう》となして排《しりぞ》けている。治国の事はこれを避けて論外に措く。わたくしは芸林に遊ぶものの往々社を結び党を立てて、己に与《くみ》するを揚げ与せざるを抑えようとするものを見て、之を怯となし、陋《ろう》となすのである。その一例を挙ぐれば、曽て文藝春秋社の徒が、築地小劇場の舞台にその党の作品の上演せられなかった事を含み、小山内薫の抱ける劇文学の解釈を以て誤れるものとなした事の如きを言うのである。

鴻雁《こうがん》は空を行く時列をつくっておのれを護ることに努めているが、鶯は幽谷を出て喬木《きょうぼく》に遷《うつ》らんとする時、群をもなさず列をもつくらない。然も猶《なお》鴻雁は猟者の砲火を逃るることができないではないか。結社は必ずしも身を守る道とは言えない。

婦女子の媚を売るものに就いて見るも、亦団結を以て安全となすものと、孤影悄然として猶且つ悲しまざるが如きものもある。銀座の表通に燈火を輝《かがやか》すカフェーを城郭となし、赤組と云い白組と称する団体を組織し、客の纏頭《てんとう》を貪るものは女給の群である。風呂敷包をかかえ、時には雨傘を携え、夜店の人ごみにまぎれて窃《ひそか》に行人の袖を引くものは独立の街娼である。この両者は其外見《そのがいけん》頗《すこぶる》異なる所があるが、その一たび警吏に追跡せらるるや、危難のその身に達することには何の差別もないのであろう。

＊

今年昭和十一年の秋、わたくしは寺島町へ行く道すがら、浅草橋辺で花電車を見ようとする人達が路傍《みちばた》に堵《と》をなしているのに出逢った。気がつくと手にした乗車切符がいつもよりは大形になって、市電二十五周年紀念とかしてあった。何か事のある毎に、東京の街路には花電車というものが練り出される。今より五年前帚葉翁と西銀座萬茶亭に夜をふかし馴れた頃、秋も既に彼岸を過ぎていたかも知れない。給仕人から今しがた花電車が銀座を通ったことを聞いた。そして、その夜花電車は東京府下の町々が市内に編入せられたことを祝うためであった事をも見て来た人から聞き伝えたのであった。是より先、まだ残暑のさり切らぬころ、日比谷の公園に東京音頭と称する公開の舞踏会が挙行せられたことも、わたくしは矢張見て来た人から聞いたことがあった。東京音頭は郡部の地が市内に合併し、東京市が広くなったのを祝するために行われたように言われていたが、内情は日比谷の角にある百貨店の広告に過ぎず、其店で揃いの浴衣を買わなければ入場の切符を手に入れることができないとの事であった。それは兎に角、東京市内の公園で若い男女の舞踏をなすことは、これまで一たびも許可せられた前例がない。地方農村の盆踊さえたしか明治の末頃には県知事の命令で禁示せられた事もあった。東京では江戸のむかし山の手の屋敷町に限って、田舎から出て来た奉公人が盆踊をする事を許されていたが、町民一般は氏神の祭礼に狂奔するばかりで盆に踊る習慣はなかったのである。

わたくしは震災前、毎夜帝国ホテルに舞踏の行われた時、愛国の志士が日本刀を振って場内に乱入した為、其後舞踏の催しは中止となった事を聞いていたので、日比谷公園に公開せられた東京音頭の会場にも何か騒ぎが起りはせぬかと、内心それを期待していたが、何事も無く音頭の踊は一週間の公開を終った。

「どうも、意外な事だね。」とわたくしは帚葉翁を顧《かえりみ》て言った。翁は薄鬚《うすひげ》を生《はや》した口元に笑《わらい》を含ませ、

「音頭とダンスとはちがうからでしょう。」

「しかし男と女とが大勢一緒になって踊るのだから、同じ事じゃないですか。」

「それは同じだが、音頭の方は男も女も洋服を着ていない。浴衣をきているからいいのでしょう。肉体を露出しないからいいのでしょう。」

「そうかね、しかし肉体を露出する事から見れば、浴衣の方があぶないじゃないですか。女の洋装は胸の方が露出されているが腰から下は大丈夫だ。浴衣は之とは反対なものですぜ。」

「いや、先生のように、そう理窟詰めにされてはどうにもならない。震災の時分、夜警団の男が洋装の女の通りかかるのを尋問した。其時何か癪にさわる事を言ったと云うので、女の洋服を剝ぎ取って、身体検査をしたとか、しないとか大騒ぎな事があったです。夜警団の男も洋服を着ていた。それで女の洋装するのが癪にさわると云うんだから理窟にはならない。」

「そういえば女の洋服は震災時分にはまだ珍らしい方だったね。今では、こうして往

来を見ていると、通る女の半分は洋服になったね。カフェー、タイガーの女給も二三年前から夏は洋服が多くなったようですね。」

「武断政治の世になったら、女の洋装はどうなるでしょう。」

「踊も浴衣ならいいと云う流儀なら、洋装ははやらなくなるかも知れませんね。然し今の女は洋装をよしたからと云って、日本服を着こなすようにはならないと思いますよ。一度崩れてしまったら、二度好くなることはないですからね。芝居でも遊芸でもそうでしょう。文章だってそうじゃないですか。勝手次第にくずしてしまったら、直そうと思ったって、もう直りはしないですよ。」

「言文一致でも鷗外先生のものだけは、朗吟する事ができますね。」帚葉翁は眼鏡をはずし両眼を閉じて、伊沢蘭軒が伝の末節を唱えた。「わたくしは学殖なきを憂うる。常識なきを憂えない。天下は常識に富める人の多きに堪えない。」

＊

こんな話をしていると、夜は案外早くふけわたって、服部の時計台から十二時を打つ鐘の声が、其頃は何となく耳新らしく聞きなされた。

考證癖の強い翁は鐘の音をきくと、震災前まで八官町《はちかんちょう》に在った小林時計店の鐘の音が、明治のはじめには新橋八景の中にも数えられていた事などを語り出す。わたくしは明治四十四五年の頃には毎夜妓家《ぎか》の二階で女の帰って来るのを待ちながら、かの大時計の音に耳を澄《すま》した事などを思出すのであった。三木愛花《みきあいか》の著した小説芸者節用などのはなしも、わたくし達二人の間には屢《しばしば》語り出される事があった。

萬茶亭の前の道路にはこの時間になると、女給や酔客の帰りを当込んで円タクが集って来る。この附近の酒場でわたくしが其名を記憶しているのは、萬茶亭の向側にはオデッサ、スカール、サイセリヤ、此方の側にはムウランルージュ、シルバースリッパ、ラインゴルトなど。また萬茶亭と素人屋《しもたや》との間の路地裏にはルパン、スリイシスタ、シラムレンなど名づけられたものがあった。今も猶在《なおあ》るかも知れない。

服部の鐘の音を合図に、それ等の酒場やカフェーが一斉に表の灯を消すので、街路は俄に薄暗く、集って来る円タクは客を載せても徒《いたずら》に喇叭《らっぱ》を鳴らすばかりで、動けない程込み合う中、運転手の喧嘩がはじまる。かと思うと、巡査の姿が見えるが早いか、一輛残らず逃げ失せてしまうが、暫くして又もとのように、その辺一帯をガソリン臭くしてしまうのである。

帚葉翁はいつも路地を抜け、裏通から尾張町の四つ角に出で、既に一群をなして赤電車を待っている女給と共に路傍に立ち、顔馴染のものがいると先方の迷惑をも顧ず、大きな声で話をしかける。翁は毎夜の見聞によって、電車のどの線には女給が最も多く乗るか、又その行先は場末のどの方面が最も多いかという事を能く知っていた。自慢らしく其話に耽って、赤電車をも逸してしまう事がたびたびであったが、然しそういう場合にも、翁は敢《あえ》て驚く様子もなく、却て之を幸とするらしく、「先生、少しお歩きになりませんか。その辺までお送りしましょう。」と言う。

わたくしは翁の不遇なる生涯を思返して、それは恰も、待っていた赤電車を眼前に逸しながら、狼狽の色を示さなかった態度によく似ていたような心持がした。翁は郷里の師範学校を出て、中年にして東京に来り、海軍省文書課、慶應義塾図書館、書肆一誠堂編輯部其他に勤務したが、永く其職に居ず、晩年は専ら鉛槧《えんざん》に従事したが、これさえ多くは失敗に終った。けれども翁は深く悲しむ様子もなく、閑散の生涯を利用して、震災後市井の風俗を観察して自ら娯《たの》しみとしていた。翁と交るものは其悠々たる様子を見て、郷里には資産があるものと思っていたが、昭和十年の春俄に世を去った時、其家には古書と甲冑と盆栽との外、一銭の蓄《たくわえ》もなかった事を知った。

この年銀座の表通は地下鉄道の工事最中で、夜店がなくなる頃から、凄《すさま》じい物音が起り、工夫の恐しい姿が見え初めるので、翁とわたくしとの漫歩は、一たび尾張町の角まで運び出されても、すぐさま裏通に移され、おのずから芝口の方へと導かれるのであった。土橋か難波橋かをわたって省線のガードをくぐると、暗い壁の面に、血盟団を釈放せよなど、不穏な語をつらねたいろいろの紙が貼ってあった。其下にはいつも乞食が寝ている。ガードの下を出ると歩道の片側に、「栄養の王座」など書いた看板を出し、四角な水槽《みずおけ》に鰻《うなぎ》を泳がせ釣針を売る露店が、幾軒となく桜田本郷町の四ッ角ちかくまで続いて、カフェー帰りの女給や、近所の遊人《あそびにん》らしい男が大勢集っている。

裏通へ曲ると、停車場の改札口と向い合った一条の路地があって、其両側に鮓屋《すしや》と小料理屋が並んでいる。その中には一軒わたくしの知っている店もある。暖簾に焼鳥金兵衛としるした家で、その女主人は二十余年のむかし、わたくしが宗十郎町の芸者家に起臥していた頃、向側の家にいた名妓なにがしというものである。金兵衛の開店したのはたしか其年の春頃であるが、年々に繁昌して今は屋内を改築して見違えるようになっている。

この路地には震災後も待合や芸者屋が軒をつらねていたが、銀座通にカフェーの流行り始めた頃から、次第に飲食店が多くなって、夜半過《すぎ》に省線電車に乗る人と、カフェー帰りの男女とを目当てに、大抵暁の二時ごろまで灯を消さずにいる。寿司屋の店が多いので、寿司屋横町とよぶ人もある。

わたくしは東京の人が夜半過ぎまで飲み歩くようになった其状況を眺める時、この新しい風習がいつ頃から起ったかを考えなければならない。

吉原遊廓の近くを除いて、震災前東京の町中《まちじゅう》で夜半過ぎて灯を消さない飲食店は、蕎麦屋より外はなかった。

帚葉翁はわたくしの質問に答えて、現代人が深夜飲食の楽しみを覚えたのは、省線電車が運転時間を暁一時過ぎまで延長したこと、市内一円の札を掲げた辻自動車が五十銭から三十銭まで値下げをした事とに基《もとづ》くのだと言って、いつものように眼鏡を取って、その細い眼を瞬《しばたた》きながら、

「この有様を見たら、一部の道徳家は大《おおい》に慨嘆するでしょうな。わたくしは酒を飲まないし、腥臭《なまぐさ》いものが嫌いですから、どうでも構いませんが、もし現代の風俗を矯正しようと思うなら、交通を不便にして明治時代のようにすればいいのだと思います。そうでなければ夜半過ぎてから円タクの賃銭をグット高くすればいいでしょう。ところが夜おそくなればなるほど、円タクは昼間の半分よりも安くなるのですからね。」

「然し今の世の中のことは、これまでの道徳や何かで律するわけに行かない。何もかも精力発展の一現象だと思えば、暗殺も姦淫も、何があろうとさほど眉を顰めるにも及ばないでしょう。精力の発展と云ったのは慾望を追求する熱情と云う意味なんです。スポーツの流行、ダンスの流行、旅行登山の流行、競馬其他博奕《ばくえき》の流行、みんな慾望

の発展する現象だ。この現象には現代固有の特徴があります。それは個人めいめいに、他人よりも自分の方が優れているという事を人にも思わせ、また自分でもそう信じたいと思っている——その心持です。優越を感じたいと思っている慾望です。明治時代に成長したわたくしにはこの心持がない。あったところで非常にすくないのです。これが大正時代に成長した現代人と、われわれとの違うところですよ。」

円タクが喇叭を吹鳴《ふきなら》している路端に立って、長い議論もしていられないので、翁とわたくしとは丁度三四人の女給が客らしい男と連立ち、向側の鮓屋に入ったのを見て、その後につづいて暖簾をくぐった。現代人がいかなる処、いかなる場合にもいかに甚しく優越を争おうとしているかは、路地裏の鮓屋に於いても直に之を見ることができる。

彼等は店の内が込んでいると見るや、忽ち鋭い眼付になって、空席を見出すと共に人込みを押分けて驀進《ばくしん》する。物をあつらえるにも人に先《さき》んじようとして大声を揚げ、卓子を叩き、杖で床を突いて、給仕人を呼ぶ。中にはそれさえ待ち切れず立って料理場を窺《のぞ》き、直接料理人に命令するものもある。日曜日に物見遊山に出掛け汽車の中の空席を奪取《うばいと》ろうがためには、プラットフォームから女子供を突落す事を辞さないのも、こういう人達である。戦場に於て一番槍の手柄をなすのもこういう人達である。乗客の少い電車の中でも、こういう人達は五月人形のように股を八の字に開いて腰をかけ、取れるだけ場所を取ろうとしている。

何事をなすにも訓練が必要である。彼等はわれわれの如く徒歩して通学した者とはちがって、小学校へ通う時から雑沓する電車に飛乗り、雑沓する百貨店や活動小屋の階段を上下して先を争うことに能く馴らされている。自分の名を売るためには、自ら進んで全級の生徒を代表し、時の大臣や顕官に手紙を送る事を少しも恐れていない。自分から子供は無邪気だから何をしてもよい、何をしても咎められる理由はないものと解釈している。こういう子供が成長すれば人より先に学位を得んとし、人より先に職を求めんとし、人より先に富をつくろうとする。此《この》努力が彼等の一生で、其外《そのほか》には何物もない。

円タクの運転手も亦現代人の中《うち》の一人である。それ故わたくしは赤電車がなくなって、家に帰るため円タクに乗ろうとするに臨んでは、漠然たる恐怖を感じないわけには行かない。成るべく現代的優越の感を抱いていないように見える運転手を捜さなければならない。必要もないのに、先へ行く車を追越そうとする意気込みの無さそうに見える運転手を捜さなければならない。若しこれを怠るならばわたくしの名は忽《たちまち》翌日の新聞紙上に交通禍の犠牲者として書立てられるであろう。

＊

窓の外に聞える人の話声と箒《ほうき》の音とに、わたくしはいつもより朝早く眼をさました。臥床《ねどこ》の中から手を伸《のば》して枕もとに近い窓の幕を片よせると、朝日の光が軒を蔽《おお》う椎の茂みにさしこみ、垣根際に立っている柿の木の、取残された柿の実を一層《ひとしお》色濃く照している。箒の音と人の声とは隣の女中とわたくしの家の女中とが垣根越しに話をしながら、それぞれ庭の落葉を掃いているのであった。乾いた木の葉の蔌蔌《そうそう》としてひびきを立てる音が、いつもより耳元ちかく聞えたのは、両方の庭を埋《うず》めた落葉が、両方ともに一度に掃き寄せられるためであった。

わたくしは毎年冬の寝覚《ねざめ》に、落葉を掃く同じようなこの響をきくと、矢張毎年同じように、「老愁ハ葉ノ如ク掃《はら》ヘドモ尽キズ蔌蔌タル声中《せいちゅう》又秋ヲ送ル。」と言った館柳《たちりゅう》湾《わん》の句を心頭に思浮べる。その日の朝も、わたくしは此句を黙誦しながら、寝間着のまま起《た》って窓に倚ると、崖の榎《えのき》の黄ばんだ其葉も大方散ってしまった梢から、鋭い百舌《もず》の声がきこえ、庭の隅に咲いた石蕗花《つわぶき》の黄《きいろ》い花に赤蜻蛉《あかとんぼ》がとまっていた。赤蜻蛉は数知れず透明な其翼をきらきらさせながら青々と澄渡った空にも高く飛んでいる。

曇りがちであった十一月の天気も二三日前の雨と風とにすっかり定まって、いよいよ「一年ノ好景君《きみ》記《き》取《しゅ》セヨ」と東坡の言ったような小春の好時節になったのである。今まで、どうかすると、一筋二筋と糸のように残って聞えた虫の音も全く絶えてしまった。耳にひびく物音は悉く昨日のものとは変って、今年の秋は名残りもなく過ぎ去ってしまったのだと思うと、寝苦しかった残暑の夜の夢も涼しい月の夜に眺めた景色も、何やら遠いむかしの事であったような気がして来る……年々見るところの景物に変りはない。年々変らない景物に対して、心に思うところの感懐も亦変りはないのである。花の散るが如く、葉の落るが如く、わたくしには親しかった彼の人々は一人一人相ついで逝ってしまった。わたくしも亦彼の人々と同じように、その後を追うべき時の既に甚しくおそくない事を知っている。晴れわたった今日の天気に、わたくしはかの人々の墓を掃いに行こう。落葉はわたくしの庭と同じように、かの人々の墓をも埋めつくしているのであろう。

昭和十一年丙子十一月脱稿

編集付記

一、『私の濹東綺譚』は一九九九年十一月に新潮社より単行本が、二〇〇三年七月に新潮文庫版が刊行された。
一、本書は新潮文庫版を底本とし、評論「水の流れ」を増補し、巻末に永井荷風「濹東綺譚」全編を収載したものである。本文中の図版は割愛した。
一、永井荷風「濹東綺譚」は岩波書店版『荷風全集』第十七巻（一九九四年）を底本とした。底本は総ルビであるため、読みやすさを考え、適宜取捨選択をした。
一、本文中、今日の人権意識に照らして不適切な語句や表現が見受けられるが、著者が故人であること、初刊時の時代背景と作品の文化的価値に鑑みて、底本のままとした。

中公文庫

私《わたし》の濹東《ぼくとう》綺《き》譚《たん》
——増《ぞう》補《ほ》新版《しんぱん》

2019年11月25日　初版発行

著　者　安岡《やすおか》章《しょう》太郎《たろう》

発行者　松 田 陽 三

発行所　中央公論新社
〒100-8152　東京都千代田区大手町1-7-1
電話　販売 03-5299-1730　編集 03-5299-1890
URL http://www.chuko.co.jp/

DTP　嵐下英治
印　刷　三晃印刷
製　本　小泉製本

Published by CHUOKORON-SHINSHA, INC.
Printed in Japan　ISBN978-4-12-206802-5 C1195

定価はカバーに表示してあります。落丁本・乱丁本はお手数ですが小社販売部宛お送り下さい。送料小社負担にてお取り替えいたします。

た-15-11
富士日記（中）新版
武田百合子
愛犬の死、湖上花火、大岡昇平夫妻との交流。昭和四十一年十月から四十四年六月の日記を収録する。田村俊子賞受賞作。〈巻末エッセイ〉しまおまほ
206746-2

た-15-12
富士日記（下）新版
武田百合子
季節のうつろい、そして夫の病。山荘でともに過ごした最後の日々を綴る。昭和四十四年七月から五十一年九月までを収めた最終巻。〈巻末エッセイ〉武田 花
206754-7

お-2-18
成城だより 付・作家の日記
大岡昇平
文学、映画、漫画……闊達に綴った日記文学。一九七九年十一月から八〇年十月まで。「作家の日記」を併録。全三巻。〈巻末付録〉小林信彦・三島由紀夫
206765-3

お-2-19
成城だよりⅡ
大岡昇平
六十五年を読書にすごせし、わが一生、本の終焉と共に終らんとす——。大いに読み、書く日々。一九八二年一月から十二月まで。〈巻末エッセイ〉保坂和志
206777-6

お-2-20
成城だよりⅢ
大岡昇平
とにかくひどい戦後四十年目だった——。防衛費一％枠撤廃、靖国参拝……戦後派作家の慷慨。一九八五年一月から十二月まで。全巻完結。〈解説〉金井美恵子
206788-2

ふ-2-8
言わなければよかったのに日記
深沢七郎
小説「楢山節考」でデビューした著者が、武田泰淳、正宗白鳥ら畏敬する作家との交流を綴る文壇日記。巻末に武田百合子との対談を付す。〈解説〉尾辻克彦
206443-0

ふ-2-9
書かなければよかったのに日記
深沢七郎
ロングセラー『言わなければよかったのに日記』の姉妹編（『流浪の手記』改題）。飄々とした独特の味わいとユーモアがにじむエッセイ集。〈解説〉戌井昭人
206674-8

う-37-1
怠惰の美徳
梅崎春生
荻原魚雷 編
戦後派を代表する作家が、怠け者のまま如何に生きてきたかを綴った随筆と短篇小説を収録。真面目で変でおもしろい、ユーモア溢れる文庫オリジナル作品集。
206540-6

各書目の下段の数字はISBNコードです。978-4-12が省略してあります。

や-1-2
安岡章太郎 戦争小説集成
安岡章太郎
軍隊生活の滑稽と悲惨を巧みに描いた長篇「遁走」ほか、短篇五編を含む文庫オリジナル作品集。巻末に開高健との対談「戦争文学と暴力をめぐって」を併録。
206596-3

や-1-3
とちりの虫
安岡章太郎
ユーモラスな自伝的回想、作家仲間とのやりとり、鋭く笑える社会観察など、著者の魅力を凝縮した随筆集。阿川弘之と遠藤周作のエッセイも収録。〈解説〉中島京子
206619-9

な-73-1
麻《あざ》布《ぶ》襍《ざっ》記《き》 附・自選荷風百句
永井 荷風
東京・麻布の偏奇館で執筆した小説「雨瀟瀟」「雪解」、随筆「花火」「偏奇館漫録」等を収める抒情的散文集。初の文庫化。〈巻末エッセイ〉須賀敦子
206615-1

な-73-2
葛飾土産
永井 荷風
石川淳が「戦後はただこの一篇」と評した表題作ほか、短篇・戯曲・随筆を収めた戦後最初の作品集。久保田万太郎の同名戯曲、石川淳「敗荷落日」を併録。
206715-8

く-2-2
浅草風土記
久保田万太郎
横町から横町へ、露地から露地へ。「雷門以北」「浅草の喰べもの」ほか、生粋の江戸っ子文人による詩趣豊かな浅草案内。〈巻末エッセイ〉戌井昭人
206433-1

ふ-22-4
編集者冥利の生活
古山高麗雄
安岡章太郎「悪い仲間」のモデル、『季刊藝術』の同人として知られた芥川賞作家の自伝的エッセイ&交友録。表題作ほか初収録作品多数。〈解説〉荻原魚雷
206630-4

よ-17-14
吉行淳之介娼婦小説集成
吉行淳之介
赤線地帯の疲労が心と身体に降り積もり、街から抜け出せなくなる繊細な神経の女たち。「赤線の娼婦」を描いた全十篇に自作に関するエッセイを加えた決定版。
205969-6

よ-5-9
わが人生処方
吉田 健一
独特の人生観を綴った洒脱な文章から名篇「余生の文学」まで。大人の風格漂う人生と読書をめぐる随想集。吉田暁子・松浦寿輝対談を併録。文庫オリジナル。
206421-8